Monika Maron

Zwischenspiel

Roman

FISCHER Taschenbuch

Erschienen bei FISCHER Taschenbuch
Frankfurt am Main, Juni 2015

© S. Fischer Verlag GmbH, Frankfurt am Main 2015

Satz: Pinkuin Satz und Datentechnik, Berlin
Druck und Bindung: CPI books GmbH, Leck
Printed in Germany
ISBN 978-3-596-19800-9

Für Antje †
und für Wilhelm

Obwohl ich mich an den Traum nicht erinnern konnte, hinterließ er in mir ein bedrückendes Gefühl, das jeden Gedanken oder auch nur einen ziellosen Blick aus dem Fenster verdunkelte, ohne dass ich einen Zusammenhang herstellen konnte zwischen Traum und Wachsein. Jeder Versuch, mich dem Traumgeschehen zu nähern und ihm wenigstens einen Erinnerungsfetzen zu entreißen, verjagte es erst recht in hoffnungslose Ferne. Nur ein dumpfes Unbehagen blieb, das irgendein unaufklärbares nächtliches Geschehen in mir hinterlassen hatte.

Vielleicht war der Traum ja nur ein Vorgriff auf den Tag gewesen, den ich zwar im Kalender schwarz eingerahmt, dem Gedanken daran aber keine konkrete Gestalt gegönnt hatte. Nur die Blumen hatte ich rechtzeitig bestellt, weiße Rosen mit einer kleinen weißen Schleife: In Liebe, Ruth.

Der Regen der Nacht dampfte über dem Straßenpflaster, und ein gelblich grauer Himmel warf sein Licht wie einen Schleier über Häuser und Bäume.

Wetter.de versprach einen trockenen Tag und Temperaturen um die zwanzig Grad. Ich suchte nach passender Kleidung, entschied mich für einen leichten dunkelgrauen Anzug und flache Schuhe. Zu Beerdigungen ging ich nur, wenn es sich nicht vermeiden ließ oder wenn ich glaubte, den Toten müsse meine Abwesenheit kränken. Auch wenn ich nicht an ein Leben nach dem Tod glaubte, stellte ich mir dann vor, der oder die Gestorbene wäre auf geheimnisvolle Weise anwesend, suchte Kinder, Enkelkinder und Freunde, fände mich nicht unter ihnen und müsste nachträglich an meiner Zuneigung zweifeln. Ich hatte lange überlegt, ob ich zu Olgas Beerdigung gehen sollte, und letztlich war es dieser kleine Rest von lächerlicher Unsicherheit, der meine Entscheidung bestimmt hatte.

In der letzten Zeit hatten wir nur noch miteinander telefoniert, Olga und ich. Am Dienstag nach Ostern hatte ich sie endlich besuchen wollen, aber dann rief Olga an und sagte, sie fühle sich nicht wohl und dass wir unser Treffen lieber verschieben sollten. Und nun war Olga tot.

Ich suchte bei Google Maps die Fahrtroute zum Friedhof am östlichen Stadtrand und las noch einmal den Text der Traueranzeige; Gott sei Dank haben sie nicht geschrieben »plötzlich und unerwartet ...«, dachte ich. Niemand stirbt unerwartet, wenn er fast neunzig ist. Zwar auch nicht erwartet, immerhin hatten wir uns für den Dienstag nach Ostern verabredet, aber Olga fühlte sich nicht wohl. Und wenn man sich mit neunzig nicht wohlfühlt, kann das schon den Tod bedeuten. Das hätte ich bedenken sollen.

Beim Frühstück las ich die Zeitung von gestern. Ich las immer die Zeitung von gestern, weil ich für gewöhnlich frühstückte, bevor ich duschte und mich ankleidete, und nicht im Bademantel aus der vierten Etage zu den Briefkästen ins Erdgeschoss fahren wollte und wieder hinauf und weil ich die neuesten Nachrichten ohnehin nicht aus der Zeitung erfuhr, sondern aus dem Radio oder dem Fernsehen und weil es darum egal war, ob ich die Zeitung von gestern oder heute las. Früher hatte ich vom Aufstehen bis zum Verlassen des Hauses anderthalb Stunden gebraucht, inzwischen waren es zweieinhalb. Wenn ich wie üblich um neun Uhr in meinem Büro im Museum sein wollte, musste ich um sechs Uhr aufstehen. Olgas Beerdigung war um elf Uhr angesetzt. Ich war trotzdem wie jeden Morgen um sechs Uhr erwacht, noch ehe der Wecker klingelte, direkt aus meinem Traum. Der Traum. Für einen kurzen Augenblick war er plötzlich zum Greifen nah, nur ein Gefühl, kein Bild, und dann wieder nichts. Vielleicht hatte ich vom Tod geträumt, dachte ich, so ein dunkles Nichts kann nur der Tod sein.

Ich überflog die Überschriften auf der Seite für Vermischtes: *Vorbeatmung gestoppt*, las ich und überlegte, was Vorbeatmung sein könnte, las noch einmal: *Verbeamtung gestoppt*, gut. Und jemand hatte sein Baby aus dem Fenster geworfen, das war kein Lesefehler. Im Feuilleton fand ich einen ausführlichen Bericht über einen spektakulären Kunstfälscherprozess, gab die Lektüre aber schon nach dem ersten Absatz auf, weil mir die Schrift vor den Augen verschwamm, als würden die Buchstaben Schatten werfen. Ich putzte die Brille, setzte mich dichter ans Fenster, es half nichts, ein mir bis dahin unbekannter Defekt meiner Augen machte das Lesen so anstrengend, dass mir davon schwindlig wurde. Vielleicht der Kreislauf, dachte ich, riss die Seite raus und hob sie auf für später. Ich war nervös. Außer Olga hatte ich seit fast zwanzig Jahren niemanden von der Familie mehr gesehen, auch Bernhard nicht, vor allem Bernhard nicht.

Als Fanny mir vor fünf oder sechs Jahren zum ersten Mal von ihrem Besuch bei Bernhard erzählte, hatte ich ohne nachzudenken gefragt: Was wolltest du denn da? Fanny zog die Augenbrauen hoch, reckte kampfbereit ihren schmalen Hals und sagte: Er ist mein Vater. Danach hatte ich meine Tochter nicht mehr nach Bernhard gefragt. Ich nahm es hin, dass für Fanny der Vater wichtiger war als sein Verrat. Es ging mich nichts an. Natürlich ging es mich etwas an, denn ich allein hatte Bernhard zu Fannys Vater werden lassen. Aber das war in einem anderen Leben passiert, an das ich mich kaum erinnern konnte. Nur Olga und Fanny hatte ich aus diesem Leben mitgenommen. Bernhards Mutter und Bernhards Tochter, aber Bernhard selbst hatte ich vergessen. Ich wusste, dass ich drei Jahre mit ihm gelebt hatte, an unsere Wohnung erinnerte ich mich genau, zwei große sonnige Zimmer in einem heruntergekommenen Haus in der Wörther Straße, ich wusste, wie Bernhard aussah, damals, und dass er Gitarre spielte; viel mehr nicht. Er lag in meinem Gedächtnis irgendwo archiviert, vergraben unter Späterem, das auch vergraben war unter noch Späterem, eine Erinnerungsleiche, farblos, geruchlos, kalt. Dass er der Vater meines einzigen Kindes war, sah ich als eine emotionsfreie Tatsache an, der ich nur für den Fall einer eines Tages vielleicht notwendigen Knochenmark- oder Organspende für meine Tochter Bedeutung zumaß. Ich hatte von Bernhard niemals Geld oder Verantwortung für Fanny verlangt, nachdem ich ihn verlassen hatte. Wenn ich mit dem Kind ohne seinen Vater leben wollte, musste ich auch allein dafür sorgen. So jedenfalls erklärte ich mir und anderen damals meinen Verzicht.

Seit einer Woche, seit ich wusste, dass ich Bernhard an Olgas Grab treffen würde, rumorte es in den Verliesen meiner verbannten Erinnerungen. Ungebeten tauchten Bilder auf, Andy mit einem Verband um den kleinen Kopf, mit dem er vom Fahrrad gegen die Kühlerhaube eines Lastwagens gestürzt war und sich dabei den Schädel aufgeschlagen hatte. Frontalhirnsyndrom, eine Schädigung des vorderen Stirnhirns. Mit blindem

Blick lag er in seinem Bett, eine Nadel in dem weichen Handrücken, durch die eine Nährlösung in den kleinen Körper floss.

Andy war Bernhards Sohn, den er kurz nach dem Abitur mit einer drei Jahre älteren Kellnerin, die außerdem Gedichte schrieb, gezeugt hatte. Das Kind lebte bei seiner Mutter, an den Wochenenden brachte sie es oft zu Bernhard, der noch bei seinen Eltern wohnte. Für Olga war Andy wie ein dritter, nicht mehr erwarteter Sohn. Madeleine, so hieß die Mutter, ließ ihn immer öfter auch während der Woche bei Olga, bis sie ihn eines Tages überhaupt nicht abholte und tagelang nicht erreichbar war. Nach einer Woche rief sie an, sie sei in Westberlin, mehr könne sie nicht sagen, es tue ihr alles furchtbar leid, aber Andy sei bei Olga und Bernhard bestimmt besser aufgehoben. Andy blieb bei Olga, auch als Bernhard eine eigene Wohnung bekam. Später, als Bernhard und ich zusammenzogen, wollte Andy bei seinen Großeltern bleiben. Damals lebte Hermann noch.

Nach Andys Unfall zog Olga zu ihm ins Krankenhaus, fütterte ihn, wusch ihn, las ihm Geschichten vor. Als er aus dem Koma erwachte, brachte sie ihm wieder das Laufen und Sprechen bei, sie massierte seine verkrampften Hände, ließ sich von der Physiotherapeutin einweisen, turnte mit ihm. Vier Monate lang half sie ihrem Enkelsohn zurück ins Leben. Als sie mit ihm wieder nach Hause kam, war sie mager und entkräftet.

Fanny war noch nicht einmal ein halbes Jahr alt, als Bernhard erklärte, Andy werde künftig bei uns leben, er werde nie wieder sein wie vor dem Unfall, seine Mutter schaffe das nicht mehr. Auf dem Wohnungsamt, wo wir eine größere Wohnung beantragten, sagte man uns, dass unverheiratete Paare keinen Anspruch auf eine gemeinsame Wohnung hätten. Beim Standesamt bekamen wir einen Termin in vier Wochen. Zwei Wochen vor der Hochzeit nahm jemand mich mit zu einer Haschischparty. Ein Typ aus Westberlin hatte Stoff für zehn Personen über die Grenze geschmuggelt und gab einen Einführungskurs in die Kunst des Haschischrauchens. Er zeigte uns, wie man die Zigarette richtig halten musste, und hatte die passende Musik mitgebracht, ich wusste nicht mehr, welche. Wir lagen nebeneinander auf Kissen und Decken und überließen uns erwartungsvoll dem Rausch. Allmählich versanken das Zimmer, die Menschen, nur die Musik schloss einen Raum um uns, und ich sah in der Ferne eine Lawine von gewaltiger Größe, ein weißes, von Schneestaub umnebeltes Monster, das lautlos auf mich zuraste, bis es mächtig und gefräßig über mir hing und mich im nächsten Augenblick verschlingen würde. Noch ehe das Licht wieder eingeschaltet und das Experiment für beendet erklärt wurde, wusste ich, dass ich gerade gesehen hatte, was ich seit Wochen fühlte und nicht einmal mir selbst einzugestehen wagte: etwas raste auf mich zu, das mich unter sich begraben würde, das ich fürchtete, wovor ich davonlaufen musste, so schnell ich konnte.

Bernhard war auf einer Dienstreise in Sachsen oder Thüringen. Ich rief am nächsten Morgen beim Standesamt an und sagte die Hochzeit ab. Aufgeschoben oder aufgehoben, fragte die Frau. Aufgehoben, sagte ich.

Als ich mit Fanny auszog, war die Narbe über Andys Stirn schon wieder von Haaren verdeckt. Aber in meiner Erinnerung hockte er schweigend im Krankenbett, um den zerbrochenen Schädel den dicken Verband, der nur Augen, Nase und Mund freiließ, ein sechsjähriger Junge, vor dem ich geflohen war.

An Olgas Grab würde ich wahrscheinlich auch

Andy treffen, er war jetzt einundvierzig, sechs Jahre älter als Fanny. Zum letzten Mal hatte ich ihn bei Olgas fünfundsechzigstem Geburtstag gesehen. Er saß die ganze Zeit neben Olga mit seitlich hängendem Kopf, als könnte der die Mitte nicht finden, sprach wenig, nur wenn er noch ein Stück Kuchen verlangte, meldete er sich energisch und schien sich sonst für das Geschehen ringsum kaum zu interessieren. Aber immer, wenn ich an ihn denken musste, was selten vorkam, saß er stumm und mit weißem Mull umwickeltem Kopf in meinem Erinnerungskeller.

Damals war ich mir monströs vorgekommen, herzlos, gemein, niederträchtig. Den Mann mit seinem kranken Kind verlassen; einfach abhauen mit dem gemeinsamen Kind; das Schicksal hochmütig verweigern, das war nicht erlaubt. Ich konnte mich nicht erinnern, wie ich Bernhard die abgesagte Hochzeit erklärt hatte, wie ich ihm überhaupt mitgeteilt hatte, dass ich nicht zuständig sein konnte für seinen Sohn, der mehr Pflege brauchte als Fanny, ich aber Fannys Mutter war, nur Fannys Mutter, und dass ich ihn, Bernhard, nicht genug liebte, um auch die Mutter seines Sohnes zu sein. Irgendwie muss ich es ihm gesagt haben. Es fiel mir schwer, mir diese Szene als ICH vorzustellen. Ich will dieses Leben nicht, das mir plötzlich angetragen wird. Ich habe andere Pläne mit mir und meinem Kind. Ich gehe und dreh mich nicht um. So muss es ja gewesen sein. Das hatte ich getan, obwohl es mir vorkam, als sei nicht ich es gewesen, sondern eine Ruth, die es nicht mehr gab und deren Schuld mit ihrem Verschwinden getilgt war und der ich nachträglich dankbar sein musste für ihre tapfere Herzlosigkeit.

Im vergangenen Jahr war ich sechzig geworden. Von meinen engen Freunden war noch niemand gestorben, aber im weiteren Bekanntenkreis mehrten sich die Todesfälle. Eigentlich hatte ich nicht das Gefühl, dass es schon Zeit sei für ein Lebensresümee, aber an Tagen wie diesem drängten sich diese sinnlosen Fragen nach dem Woher und Warum ungebeten in meine ziellosen, noch immer von dem unheilvollen Traum befangenen Gedanken. Was ist so ein Ich eigentlich, dachte ich, wenn dem alten Ich das junge so fremd ist, als gehörte es gar nicht zu ihm. Wo bleiben die ganzen Ichs überhaupt, die man in seinem Leben war und denen man das letzte immerhin verdankt? Das Problem ist, dass man nicht als der Mensch die

Welt verlässt, als der man auf die Welt gekommen ist, dachte ich, verwarf den Gedanken aber gleich wieder, weil ich mich fragte, ob nicht vielleicht das Kind, das ich einmal war, mir von allen bisherigen Ichs am vertrautesten geblieben war. An das Kind konnte ich mich gut erinnern, besser als an alle folgenden Ichs, obwohl es zeitlich am weitesten entfernt war. Die Angst vor dem dunklen Treppenhaus, wenn das Licht nicht funktionierte, das Glück, als ich zum ersten Mal im Zirkus war, der Kummer wegen der untreuen Freundin, die Gerüche aus den Fenstern im Hof, das Fell eines kleinen Hundes unter der Hand, das waren warme Erinnerungen. Das Kind ist unser Urwesen, so wie der Urmensch der Ursprung des Menschen ist, unser unverwüstlicher Kern im Stammhirn, im Hypothalamus und im limbischen System. Den Steinzeit- und Bronzemenschen haben wir vergessen, über die Antike und Renaissance wissen wir nur, was wir gelesen haben, aber den Urmenschen können wir nie vergessen, er lebt in uns. So wie das Kind. Der Gedanke gefiel mir. Es wäre ja auch möglich, dass wir das eine Ich vergessen müssen, wenn wir ein anderes geworden sind, dass wir es als kalte Daten und Fakten bewahren, alles andere aber vergessen, weil wir sonst verrückt würden. Vielleicht sind die seltsamen Geschichten über multiple Persönlichkeiten, von denen es in amerikanischen Filmen vor einigen Jahren nur so wimmelte, vielleicht sind das alles nur Geschichten über Leute, die sich von ihren Ichs nicht trennen konnten und in denen dann alle möglichen Stimmen durcheinanderredeten. Sogar für die einfache Schizophrenie wäre die Überlegung, ob es sich dabei um eine missglückte zwanghafte Ich-Bewahrung handeln könnte, möglicherweise sinnvoll.

Das Telefon unterbrach mich in meinen anthropologischen Mutmaßungen. Fanny wollte wissen, ob wir gemeinsam zum Friedhof fahren sollten.

Ich hätte hinterher einen wichtigen Termin und brauchte mein Auto, sagte ich.

Wir verabredeten uns vor dem Friedhof. Ich hatte keinen Termin, wollte aber von Fanny, die sicher nach dem Begräbnis mit der Familie zum Essen oder Kaffeetrinken gehen würde, nicht abhängig sein.

Auch als Mutter hat man wenigstens zwei Ichs, dachte ich, wahrscheinlich sogar drei oder vier, das vierte kannte ich noch nicht. Am Anfang war das Wunder, wenn auch das gewöhnlichste Wunder der Welt, an dem jede Maus, jede Katze, eben jedes Säugetier, vorausgesetzt es war weiblich, teilhaben konnte. In mir war auf eine biologisch erklärbare und trotzdem nicht zu begreifende Weise etwas gewachsen, das an einem Tag noch ganz zu mir gehörte, in meinem ungeheuren Bauch, und am anderen Tag ein eigener Mensch war. Darüber zu sprechen war müßig, weil es an jedem Tag weltweit viel zu oft passierte, und das schon seit Tausenden von Jahren. Trotzdem blieb es ein Wunder, jedenfalls für jede, der es widerfuhr. Das erste Mutter-Ich lebt im Zustand des reinen Glücks, das mit jedem Tag vollkommener wird, denn das Objekt seiner Liebe erhebt es mit wachsender Bewusstheit ins Göttliche, zur Quelle allen Glücks. Und wer das unersetzbare Glück eines anderen ist, vergisst die Fragen nach dem Sinn seines Daseins; er, in diesem Fall sie, hat ihn gefunden, wenigstens für zehn, vielleicht elf Jahre, bis das Kind zu ahnen beginnt, dass die Mutter nur über den allerkleinsten Teil des Glücks in der Welt verfügt, dass sie manchem Glück sogar im Wege steht. Vielleicht denkt das Kind auch hin und wieder, mit einer anderen Mutter wäre es ihm besser ergangen. Ganz allmählich schuf es sich einen mutterfreien Raum. Zum Glück der Kinder flüchten die meisten der entthronten Mütter in ein Doppelleben. Ihr erstes Mutter-Ich leben sie in der Erinnerung fort und nähren daraus ihre Kraft, die Zurückweisungen, Kränkungen und Schuldsprüche der folgenden Jahrzehnte zu ertragen. Viele schaffen sich Hunde an.

Vielleicht ergeht es den Vätern ähnlich, aber von Vätern verstand ich nichts, ich hatte keinen, jedenfalls nicht lange. Mein Vater war gestorben, als ich vier Jahre alt war. Er kam mit einer durchlöcherten Lunge aus russischer Gefangenschaft, zeugte mit letzter Kraft ein Kind, saß dann noch fünf Jahre in dem grünen Sessel am Fenster im Wohnzimmer und kämpfte mit jedem Atemzug um sein Leben. Ich erinnerte mich an den röchelnden Mann im Sessel wie an einen Fremden, Unberührbaren, nichts sonst, kein Lächeln, kein Spiel, kein Lied. Er war doch schon viel zu schwach, hatte meine Mutter gesagt. Nach dem Tod des Vaters blieben wir fünf Jahre allein, die Mutter und ich. Das war die Zeit, in der ich mich in der Erinnerung als ein unbeschwertes, lachendes Kind sah: die Ausflüge mit den Freundinnen der Mutter und deren Kindern oder die Abende, wenn die Mutter mir vorlas, selbst als ich schon lesen konnte, oder wenn wir beim Abwaschen alberne Lieder sangen, »wenn der Topf aber nun ein Loch hat, lieber Heinrich, lieber Heinrich«. Dass der Mutter dieses vollkommene Glück nicht ausreichte, sondern dass sie einen fremden Mann in unser beider Leben holen musste, um selbst glücklich zu sein, kam für mich damals der Vertreibung aus dem Paradies gleich. Ich war zehn Jahre alt, als der Genosse Keller mit ein paar Umzugskisten und zwei klobigen Ledersesseln bei uns einzog, und achtzehn Jahre und zehn Tage, als ich selbst mit zwei Koffern und meinem Bettzeug auszog.

Meine Mutter war dem natürlichen Ende des reinen Glücks zuvorgekommen. Nur dass es ausgerechnet der Genosse Keller sein musste, blieb in dem Verhältnis zwischen Mutter und Tochter eine nicht heilende Wunde, auch wenn wir am Ende nicht mehr darüber sprachen. Selbst wenn die Mutter anderen anwesenden Personen Episoden aus ihrem Leben erzählte und die Erwähnung des Genossen Keller sich dabei nicht vermeiden ließ, nannte sie seinen Namen so nebenher, als hoffte sie, ihre Tochter würde ihn überhören.

Ich war schon über vierzig, als ich es mir endgültig versagte, meine Mutter mit den immergleichen Fragen zu quälen. Ich erinnerte mich an einen Sonntagnachmittag, wahrscheinlich war es Winter. Durch die Fenster drang die letzte Dämmerung. Das Licht der Stehlampe neben der Couch fiel auf das in sich gekehrte Gesicht meiner Mutter. Nach dem Essen am Sonntag legte der Genosse Keller sich für gewöhnlich hin und schlief zwei, manchmal auch drei Stunden. Das war die Zeit für uns beide, seit ich ausgezogen war. Auch Fanny war endlich eingeschlafen. Wir tranken Kaffee, dazu zwei oder drei Gläser Kognak, sprachen über Alltägliches, ich erzählte von der Chagall-Ausstellung, die ich gerade vorbereitete, die Mutter von ihrem Dauerzwist mit Doro, ihrer Chefin in der Presseagentur. Wie sie unter dieser zwei Zentner schweren Stalinistin überhaupt arbeiten könne, fragte ich, worauf die Mutter sagte, dass Doros zwei Zentner nichts zu tun hätten mit ihrer politischen Überzeugung, die sich übrigens von ihrer eigenen nicht grundsätzlich unterscheide, und dass Doro auch keine Stalinistin sei, sondern eine Kommunistin, die Schweres durchgemacht habe, was auch ihre gelegentliche Unberechenbarkeit entschuldige.

Ich war davon überzeugt, dass meine Mutter, liebte sie nicht aus unbegreiflichen Gründen ausgerechnet Eduard Keller, diesen Sekretär in höheren Diensten, es unter Doro keine vier Wochen ausgehalten hätte, dass sie vermutlich überhaupt nicht in dieser Presseagentur gelandet wäre, sondern eher in der Zeitschrift »Der Hund« oder in einem Kochbuchverlag, wo sie ihren eigentlich gut funktionierenden Verstand hätte behalten dürfen.

Sie rede wie ihr Genosse Keller, sagte ich, der teile Doros Überzeugungen ja auch und habe auch Schweres durchgemacht, was seine Borniertheit und Sturheit wohl auch entschuldige. Nie würde ich verstehen, wie man so einen Mann lieben könne. Das müsse ich auch nicht verstehen, sagte die Mutter, worauf ich sagte, ich hätte aber mit ihm leben und obendrein zusehen müssen, wie meine Mutter sich so einem ungehobelten Kerl unterordne, als sei das gottgegeben, wie sie den ganzen politischen Irrsinn des Genossen Keller zu ihrem eigenen gemacht und zugelassen habe, dass auch mir, ihrer Tochter, der Kopf verkleistert wurde mit ideologischem Müll. Und wie sie überhaupt ertragen konnte, dass ihr einziges Kind sein Zuhause verlor, als der Genosse Keller einzog.

Die Mutter saß mit lose vor dem Körper verschränkten Armen auf dem Sofa, sagte müde: Nun übertreib mal nicht, worauf ich, wie meistens bei derartigen Gesprächen mit meiner Mutter, in Tränen ausbrach.

An diese und ähnliche Szenen aus meinem Tochterleben erinnerte ich mich genau. Und wenn ich jemandem erzählte, dass ich noch als erwachsene Frau darüber weinen konnte, dass meine Mutter vor Jahrzehnten den falschen Mann ins Haus gebracht hatte, musste ich lachen. Aber dieser Kummer gehörte dem Kind, das ich gewesen war, und war darum nicht zu tilgen. Erst seit dem Tod der Mutter vor sechs Jahren, seit mein kindliches Unglück seine Adressatin verloren hatte, war es allmählich zu einer schmerzfreien Erinnerung abgekühlt. Es war so, so ist es gewesen, nichts weiter.

Mit der letzten Tasse Kaffee ging ich auf den Balkon. Es war erst halb neun, vor zehn müsste ich nicht aufbrechen, die Blumen hatte ich schon gestern Abend geholt. Im letzten Jahr hatte man mir den Blick in den Himmel halbiert. Auf das Flachdach des Neubaus gegenüber wurde ein fünftes Stockwerk gesetzt mit einer Terrasse, auf der ich noch nie einen Menschen gesehen hatte. Ich zündete mir eine Zigarette an, legte den Kopf in den Nacken und verfolgte einen zarten Wolkenschleier, der langsam über das Terrassendach in meine Richtung segelte. Als er senkrecht über mir stand, änderte er plötzlich die Richtung und zog in der gleichen Spur zurück, auf der er gekommen war. Ich schloss die Augen, öffnete sie wieder, der helle Himmel blendete mich, das Bild zersprang in flimmernde Punkte, ein Himmelsbild wie von Monet gemalt. Es blieb dabei, der kleine Wolkenfetzen flog rückwärts, als Einziger, während alle anderen kompakteren Wolken sich von dem sanften, aus Westen wehenden Wind über meinen Kopf und weiter über das Dach meines Hauses ostwärts treiben ließen. Es konnte nur eine optische Täuschung sein, dachte ich, oder ein seltsames Strömungsphänomen, das ich noch nie beobachtet hatte. Ich suchte das Wölkchen im Himmelsstück über der Terrasse, fand es aber nicht mehr, es hatte sich aufgelöst oder war meinem Blick entzogen. Oder es hatte es gar nicht gegeben. Das Flirren vor meinen Augen blieb. Das Haus gegenüber, die Fenster, das Dach, die Krone der Platane lösten sich unter meinem Blick in tanzende farbige Punkte auf, die jeden Augenblick davonfliegen könnten, um sich an anderer Stelle wieder zusammenzusetzen. Ich bedeckte die Augen mit der Hand, zog ein paarmal tief und ruhig an der Zigarette. Hinter den geschlossenen Lidern sah ich immer wieder, wie die kleine Wolke auf mich zuschwebte, um dann, wie von einem Willen gelenkt, die Richtung zu ändern. Ich suchte nach einer Bedeutung, fand keine, die sich widerstandslos in meinen Erfahrungshorizont gefügt hätte, und entschied mich für die optische Täuschung. Auch als ich die Augen wieder öffnete, blieben die Konturen der Gegenstände seltsam beweglich, verdoppelten sich, zitterten, als befände sich alles um mich im Zustand drohender Auflösung. Ich war beunruhigt, fühlte meinen Puls, er schlug fest und ruhig hinter der Gefäßwand, meine Gedanken streiften flüchtig die Wörter Schlaganfall und Herzinfarkt, aber außer meinen irritierten Augen störte nichts mein Wohlbefinden. Ich hatte wohl nur zu lange in das gleißende Licht gesehen, dachte ich und zog mich zurück in die Wohnung. Ich sortierte das Frühstücksgeschirr in die Spülmaschine. Der

Versuch, den Schreibtisch aufzuräumen, misslang, weil die Buchstaben auf den Zetteln und Briefen zappelten und zuckten wie Insekten, die mit ihren Beinchen in einer Honigpfütze festklebten. Im Radio lief eine Sendung über Darmkrebs und Vorsorge mit Hörerbeteiligung. Eine achtundsechzigjährige Hörerin aus Großburgwedel wollte von dem Professor aus Hamburg wissen, ob hartnäckige Verstopfung zu Darmkrebs führen könne. Ich schaltete ab.

Ich verabscheute medizinische Ratgebersendungen, erst recht wenn es um Verstopfungen und Gedärm ging.

Olga war mit ihren Krankheiten schamhaft umgegangen. Bei unserem letzten Gespräch, als wir unsere Verabredung verschoben hatten, sprach sie von Leibschmerzen, nichts Schlimmes, sie fühle sich nur nicht so gut. Ihre Stimme klang fest, nicht leidend, eher zuversichtlich. Drei Tage später kam sie ins Krankenhaus, es war ein Darmverschluss, sie wurde operiert, eine Lungenentzündung kam hinzu, dann multiples Organversagen, nach einer Woche war sie tot.

Wenn ich an Olga dachte, erschien sie mir immer in dem gleichen Bild. Sie saß aufrecht im

Sessel, die Beine eng beieinander, die Hände ineinander verschlungen auf den Oberschenkeln, das Haar am Hinterkopf zu einem Dutt gebunden. Sie trug eine dunkelblaue Strickjacke über einer hellen Bluse und einen schmalen, die Knie bedeckenden Rock. Es wäre übertrieben gewesen, Olga als eine elegante Erscheinung zu bezeichnen, obwohl ihre Art, den Rock, die Bluse und Strickjacke zu tragen, elegant wirkte. Jedenfalls fiel mir immer dieses Wort ein, wenn ich Olga zu beschreiben versuchte. Oder ich sagte, Olga sehe aus wie das Idealbild einer Pfarrersfrau oder als stamme sie aus einer alten Offiziersfamilie. Als ich sie kennenlernte, war Olga fünfundfünfzig Jahre alt und ihr ovales, sanft konturiertes Gesicht immer noch schön. Am schönsten waren Olgas Augen, die mich immer an ein bestimmtes Marienbild von El Greco erinnerten. Ein weicher Glanz lag auf diesen Augen, in denen jeder, auf den sie sich richteten, Zuneigung, mindestens Aufmerksamkeit finden konnte. An Olgas Erscheinung hatte sich in den Jahrzehnten, die wir uns kannten, nichts geändert, natürlich war sie älter geworden, aber in ihren Konturen, schmal, aufrecht und – wenn das Wort modisch für sie überhaupt in Betracht kam – gleichbleibend altmodisch, war sie bis zum Schluss die Gleiche geblieben.

Ich war im dritten oder vierten Studienjahr, als Bernhard mich an einem Sonntag seinen Eltern vorstellte. Olga hatte einen Apfelkuchen gebacken. Ich erinnerte mich an ein Kaffeeservice mit Jagdmotiven, das ich spießig fand. Damals fand ich wahrscheinlich alles spießig, was nicht dekorlos und bauhausähnlich war, und spießig war eher ein Synonym für bürgerlich, und bürgerlich war ein Schimpfwort. Das Gegenteil von bürgerlich war modern. Für meine Mutter und den Genossen Keller war das Gegenteil von bürgerlich sozialistisch, und in den Jagdszenen auf dem Kaffeeservice hätten sie vermutlich eine Verherrlichung des Feudalismus entdeckt. Das Kaffeeservice, der Dutt, die cremefarbene Bluse, Andy, der seine Großmutter Mama nannte, weil seine leibliche Mama sich mit einer Postkarte von ihm verabschiedet hatte, das alles gehörte zu meinem ersten Bild von Olga.

In meine Sympathie für Olga hatte sich auch immer eine Spur Mitleid, mitunter sogar Verachtung gemischt. Olga, die Mutter, Ehefrau, Großmutter, die ihr eigenes Leben verpasste. Auch hinter Olgas Liebe zu Andy, den sie sechs Jahre lang aufgezogen hatte, als wäre er ihr eigenes Kind, hatte ich vor allem die Leere vermutet, die Olga nach dem Auszug ihrer erwachsenen Kinder zu füllen suchte. Ich kannte bis dahin keine Frauen wie Olga. Meine Mutter und deren Freundinnen verdienten ihr eigenes Geld und liebten ihre Berufe, jedenfalls behaupteten sie das, auch wenn die so unsinnig waren wie der in einer sozialistischen Nachrichtenagentur mit der dicken Doro als Chefin.

Allmählich gewöhnte ich mich an meine Sehstörung, die immerhin die Dinge an ihrem Ort beließ und somit die Orientierung nicht behinderte. Außerdem handelte es sich ganz gewiss nicht um eine plötzliche krankhafte Veränderung, nur um eine vorübergehende Irritation, einen Ausnahmezustand, der, wenn man sich erst einmal mit ihm abgefunden hatte, durchaus seinen Reiz hatte. Die Verwandlung des Alltäglichen in seine impressionistische Variante; Möbel, Wände, Bilder und Vasen, die sich mal in tanzende Punkte auflösten, mal in zart schwingende Wellen. Nur wenn ich an Olga dachte, erschien sie mir in klaren Konturen inmitten der flirrenden Gegenstände. Wie von Liebermann gemalt, saß sie aufrecht im Sessel, den Kopf leicht geneigt, als wollte sie mir ihre Gesprächsbereitschaft zu erkennen geben.

Was veränderte sich durch Olgas Tod eigentlich? Wir hatten uns nur noch selten gesehen, ab und zu miteinander telefoniert, und ich hatte oft ein schlechtes Gewissen, wenn mir plötzlich einfiel, wie lange mein letzter Besuch bei Olga zurücklag. Trotzdem hatte der Gedanke, dass es Olga gab, immer etwas Beruhigendes, Wärmendes gehabt. Und jetzt kam es mir so vor, als wäre die Gewissheit, dass es Olga gegeben hatte, ebenso tröstlich. *Solange Du in unserer Erinnerung lebst, bist Du nicht tot.* Das war so ein Satz, den man nicht ernst nahm, wenn man ihn auf Grabsteinen oder in Todesanzeigen las. Aber genau so war es. Ich konnte Olga noch gar nicht vermissen, weil sie nicht abwesender war als in den letzten Monaten, als sie zehn oder elf Kilometer entfernt von mir gelebt und nur das Wissen umeinander uns zusammengehalten hatte. Olga war tot. Aber was hieß das, wenn Olga doch gerade deutlich erkennbar mir gegenübersaß und mich ansah, als wartete sie nur darauf, von mir angesprochen zu werden. Ach, Olga, sagte ich in den Raum, weniger eine Ansprache als ein kleines geseufztes Gedenken. Ach, Olga.

Ja, Ruth.

Meine Verwirrung entlud sich in einem nervösen Lachen. Bist du wirklich da, oder träume ich jetzt?

Man muss nur lange genug an etwas denken, sagte Olga.

Sie sah nicht aus wie ein Geist, sie klang nicht wie ein Geist, sie saß mir leibhaftig gegenüber und sprach zu mir wie immer.

Olga, sagte ich vorsichtig, als setzte ich einen Fuß auf dünnes Eis, Olga, ich musste gerade daran denken, wie du eines Abends ... – weißt du noch?

Was?

... wie du eines Abends zu mir gekommen bist, nachdem ich Bernhard verlassen hatte? Plötzlich standst du vor der Tür mit einem Strauß Margeriten und einem Brummkreisel für Fanny.

Du hattest dich nicht mehr bei uns gemeldet, und wir wollten Fanny nicht verlieren, sagte Olga.

Ich dachte, ihr müsst mich verabscheuen, Hermann und du. Hermann war schon immer ein

Patriarch. Und du hättest nie getan, was ich getan habe. Du hättest niemals den Vater deines Kindes mit seinem kleinen kranken Sohn verlassen.

Olga strich ihren Rock glatt, obwohl nicht die kleinste Falte darauf zu entdecken war. Nein, das hätte ich sicher nicht getan.

Ich habe mich furchtbar gefühlt und geschämt.

Du hast dich schuldig gefühlt, aber du bist trotzdem gegangen. Ich habe dich für deinen Mut bewundert.

Olga sah mich lange an, als suche sie in meinem Gesicht nach den Spuren, die meine Entscheidung hinterlassen hatte, sagte dann: Weißt du, Schuld bleibt immer, so oder so.

Das hast du auch an diesem Abend gesagt, genau so: Schuld bleibt immer, so oder so. Den Satz habe ich nicht vergessen, und dass gerade du ihn gesagt hast.

Ich weiß, du hast mich für eine tuttelige Hausfrau gehalten, sagte Olga.

Seit diesem Abend nicht mehr. Wir haben eine ganze Flasche Wein getrunken, und du hast erzählt, dass du in Königsberg auf der Schauspielschule warst. Dich als Schauspielerin konnte ich mir nicht vorstellen, du warst zu schamhaft.

Zu schamhaft, ach. Vielleicht. Aber das konnte ich nicht herausfinden. Erst kam der Krieg, dann Hermann, dann die Kinder. Ich wäre gern Schauspielerin geworden. Olga lachte, streckte die Arme graziös über den Kopf und sah für ein paar Sekunden aus wie auf dem Foto, das ich einmal gesehen hatte, Olga, sehr jung, fast noch ein Mädchen, mit sanften erwartungsvollen Augen, die Stirn verschattet von einem großen weißen Hut mit einer dunkelblauen, weißgepunkteten Schleife.

Ich habe dich auch bewundert, sagte ich. Weil du nicht so warst wie ich.

So ist das, sagte Olga, man will immer sein, wer man nicht ist. Ich wäre gern gewesen wie du, ein bisschen jedenfalls, und du wie ich. Aber man hat nur ein Leben.

Du hattest ein Leben, ein einziges ganzes Leben. Ich hatte vier Viertel oder sechs Sechstel, und an manche kann ich mich kaum erinnern.

Du musst jetzt gehen, sonst kommst du zu spät zu meiner Beerdigung, sagte Olga und begann schon, sich in der allgemeinen Unschärfe aufzulösen.

Halt, warte noch, rief ich.

Aber über den Sessel, in dem eben noch Olga gesessen hatte, flatterte nur der Schatten des Vorhangs, den der Wind in der offenen Balkontür blähte.

Vor einiger Zeit hatte ich Christina, die weibliche Stimme auf meinem Navigationsgerät, durch Stefan ersetzt. Stefan gab zwar die gleichen Anweisungen wie Christina, sie kamen mir trotzdem vertrauenswürdiger vor. Stefan beruhigte mich, während Christinas aufreizend kühle Stimme mich ständig animierte, mit ihr zu streiten. Was heißt in vierhundert Metern, woher soll ich wissen, wo in vierhundert Metern ist, sagte ich dann. Oder wenn sie vor einer Kreuzung noch immer keine Anweisung gegeben hatte, rief ich: Ja, kannst du vielleicht mal was sagen. Mit Stefan pflegte ich einen höflicheren Umgang, was mir natürlich zu denken gab. Kurz bevor die Winterfeldtstraße auf die Martin-Luther-Straße trifft, ordnete Stefan an, links abzubiegen. Ich sollte auf die Stadtautobahn fahren, was ich aber unbedingt vermeiden wollte. Ich fuhr nach rechts. Bis zur Kleiststraße ermahnte Stefan mich, bei der nächsten Gelegenheit zu wenden. Seine Stimme, schien mir, klang mit jedem Befehl strenger. Aber ich verweigerte diesmal meine rudimentäre, wenn auch nur auf geographische Orientierungsangelegenheiten beschränkte Autoritätsgläubigkeit in männliche Stimmen und fuhr weiter in Richtung Siegessäule. Bis Pankow kannte ich den Weg, und bis dahin würde Stefan sich gewiss beruhigt haben. Ab und zu meldete er sich, aber ich hörte nicht mehr hin, zumal die anhaltende Irritation meiner Sehorgane mir alle Aufmerksamkeit für die Straßenführung und die mich umgebenden Fahrzeuge abverlangte. Nachträglich muss ich zugeben, dass ich eine außerordentliche Gefährdung im Straßenverkehr dargestellt habe, und es muss an meiner allgemeinen Verblendung gelegen haben, dass mir das nicht bewusst war. Die Stadt, ihre baumberänderten Straßen und sommerlich gekleideten Bewohner, sogar die Autos, auf denen die Sonnenstrahlen zu funkelnden Sternen explodierten, erschienen mir so schön, schöner, als ich sie je zuvor gesehen hatte. Eine liebliche Heiterkeit lag über den grob verpixelten Bildern, die mich in einen Glückstaumel versetzten, als wäre ich nicht auf dem Weg zu Olgas Beerdigung, sondern zu einem Ort ungekannter Verheißung. In der Rathenower Straße schlugen aus der Aral-Tankstelle feurigblaue Flammen, stiegen in einer Säule strudelnd himmelwärts, um in der Unendlichkeit zu zerfließen, als käme die ganze strahlende Himmelsbläue nur daher. Sogar die Prinzenallee kam mir weniger trostlos vor als an anderen Tagen. Die schwergewichtigen Matronen in ihren kittelartigen langen Mänteln schaukelten gemütlich wie alte Dampfschiffe durch die Gegend, auf den Köpfen der jungen Frauen flatterten Wimpel in grellen Farben, nur die jungen Männer blieben unverschönt, im Gegenteil, ich konnte die Wolke von Testosteron, die sie umgab, tatsächlich sehen wie die Abgase eines Autos, und in jedem ihrer Schritte vibrierte die Kraft für zwei. Ich war froh, als ich endlich die S-Bahn-Brücke an der Wollankstraße sah, die früher zur Mauer zwischen Ost- und Westberlin gehörte, da, wo der Wedding endete und Pankow begann. Von nun an brauchte ich Stefan. Die Straße, die auf der Traueranzeige als Friedhofsadresse angegeben war, kannte ich nicht. Fanny hatte gesagt, der Friedhof liege kurz hinter der Stadtgrenze. Stefan schwieg, ich fuhr geradeaus. Auch am Rathaus, wo ich links abbiegen musste, wenn ich Olga früher, als wir alle noch in Ostberlin wohnten, besucht hatte, sagte Stefan nichts. Ich fuhr weiter geradeaus, obwohl ich das für einen Fehler hielt. Warum sollte Olga so weit entfernt von ihrer Wohnung begraben werden und nicht neben Hermann, ihrem treulosen Ehemann, es sei denn, sie hätte gerade das gewollt: im Tod nachholen, was sie im Leben nicht geschafft hatte, was ich aber nicht glaubte. Trotzdem fuhr ich weiter bis zur Kirche, wo Stefan befahl, rechts abzubiegen. Das war aber unmöglich, weil die Straße wegen Bauarbeiten gesperrt war. Um links abzubiegen, war es zu spät, also weiter geradeaus. Stefan protestierte. Ich solle wenden und dann sofort links abbiegen in die gesperrte Straße. Ich fuhr nach rechts. Stefan schwieg eine Weile. Ich fuhr langsam, um ihm Zeit zum Überlegen zu lassen. Was dann passierte, weiß ich nicht mehr genau. Ich erkannte nicht einmal die Straßen und Häuser wieder, die ich hätte erkennen müssen, alles schien fremd, schön fremd, die hellen Villen mit ihren leuchtenden Dächern, parkähnliche Straßen, das Lichtspiel der Sonne durch das Geäst hoher Bäume. Ich hatte vollkommen die

Orientierung verloren. Stefan ordnete mal rechts, mal links an; mal folgte ich ihm und mal nicht, je nachdem, ob mir seine Anweisung richtig erschien oder nicht. Wir verstanden uns nicht. Als ich einen ausreichend großen und schattigen Parkplatz sah, hielt ich an, öffnete das Fenster, zündete mir eine Zigarette an und schaltete das Radio ein. Die Moderatorin verabschiedete gerade einen Lebensmittelexperten und die unvermeidliche Köchin Sarah Wiener, die über das Thema »Unser täglich Gift gib uns heute« diskutiert hatten. Ich schloss meine überhitzten Augen und überließ mich für eine Weile einer dunklen, nur hin und wieder von roten Blitzen durchzuckten Ruhe, bis plötzlich aus dem Radio Olgas Stimme zu mir sprach. Es ist elf Uhr, sagte Olga, jetzt kommst du zu spät zu meiner Beerdigung. Dann ertönten einige Pfeiftöne, und eine männliche Stimme kündigte die Nachrichten an. Ich schaltete zuerst das Radio aus, danach beendete ich meine Kommunikation mit Stefan. Es war zu spät. Der Schreck, Olgas Beerdigung zu verpassen, wich in Sekunden einem Gefühl großer Erleichterung. Ich musste weder Bernhard noch Andy treffen, ich musste nicht Fanny als Tochter ihres Vaters erleben, ich musste keine Trauerreden hören und keine gehauchten Trauerbekundungen. Die allgemeine Tränenseligkeit bei Begräbnissen war mir peinlich. Meiner Mutter hatte ich verbieten wollen, beim Begräbnis vom Genossen Keller zu weinen. Weine vorher oder nachher, aber nicht da, habe ich gesagt. Das war herzlos, aber sie hat an diesem Tag weder vorher noch nachher geweint, nur auf dem Friedhof. So war es immer. Bis zum Friedhofseingang sprachen die Menschen ungeniert über die Banalitäten ihres Alltags, den überstandenen Schnupfen, den bevorstehenden Urlaub oder einen gelungenen Gänsebraten. Sobald sie die geweihte Erde unter den Füßen spürten, griffen sie nach den Taschentüchern, verzogen sich ihre Gesichter zu Trauergrimassen mit einem angespannten, jederzeit zum Weinen bereiten Mund und Augen, in denen außer dem Jammer auch immer ein Vorwurf zu lesen war, an Gott, an das Schicksal, je nachdem, woran derjenige glaubte. Und wenn sie den Friedhof verließen, meistens aber schon während sie ungeduldig darauf warteten, dem Toten ihre drei Hände voll Sand hinterherzuwerfen, legten sie ihre Trauer ab wie unnütze Regenbekleidung nach dem Gewitter. Aber diese halbe

Stunde, in der sie alle Rituale der Trauer wie ein Gesetz vollzogen, schien sie zu erleichtern. Mir war eine solche Erleichterung nicht vergönnt. Mein Entsetzen über den Tod ließ sich nicht in Tränen auflösen, weil es nichts war als eine echolose, jedes Gefühl verschlingende Leere, der ich mich nur starr und fassungslos ergeben konnte. Wahrscheinlich hätten mich die üblichen Trauerrituale nicht gestört, wenn es mir irgendwie gelungen wäre, an ihnen teilzuhaben. Diesmal war ich also davongekommen. Ich hatte mich bemüht, aber nun war es zu spät.

Ziellos fuhr ich weiter, immer der Hauptstraße nach. Irgendwo würde ich eine Straße oder Kreuzung erkennen und dann wissen, wie ich wieder nach Hause finden könnte. Auf Straßenschilder oder Wegweiser konnte ich mich nicht verlassen, weil mir selbst große Buchstaben immer noch vor den Augen verschwammen. Die Straße schlängelte sich in großen Bögen durch Häuserfronten, vorbei an Parkanlagen, Werbetafeln, kleinen Grünanlagen, wurde allmählich schmaler, so dass die Äste der Bäume, die links und rechts aus dem Pflaster der Bürgersteige wuchsen, sich in der Mitte berührten und wie bei alten brandenburgischen Chausseen ein durchlässiges Dach über der Fahrbahn bildeten, was mich annehmen ließ, dass diese Straße nur stadtauswärts führen konnte, wohin ich aber auf keinen Fall wollte. Als rechts von mir die Häuser plötzlich endeten und nur noch Sträucher und Bäume zu sehen waren, davor eine sandige Ausbuchtung, auf der zwei Autos parkten, bog ich kurz entschlossen ein, stellte mein Auto neben den anderen ab und stieg aus.

Nach ein paar Schritten über einen von dicken Wurzeln durchzogenen Weg umfing mich kühles, zerfließendes Grün, in dem ich erst nach und nach kleine weißschäumende Inseln wahrnahm, blühende Sträucher, Spiraea vielleicht oder falscher Jasmin. Ein süßer Blütenduft hing in der Luft, und mir war, als hätte meine Irrfahrt mich zu einer Oase der Seligkeit geleitet. Ich setzte mich auf eine Bank, atmete ein paarmal tief ein und aus, wobei ich wohl leicht geseufzt haben muss, denn plötzlich fragte eine Stimme, die nur Olgas sein konnte: Seufzt du vor Erleichterung, nur weil du nicht bei meiner Beerdigung sein musst?

Aber du bist doch selbst nicht da, wenn du hier bist.

Ich kann jetzt überall sein, hier und da, sagte Olga und streckte ihre Beine unter dem langen weißen Totenhemd weit von sich.

Ich komme ein anderes Mal. Allein, sagte ich.

Wie im Leben, sagte Olga.

Ja, nachdem Hermann mich rausgeschmissen hat, weil ich bei deinem fünfundsechzigsten Geburtstag ein Glas Rotwein auf Rosis neues lachsfarbenes Kleid geschüttet hatte, weißt du noch?

Olga lachte. Sie hat das Kleid später schwarz gefärbt, aber der Fleck ist geblieben. Ich weiß gar nicht mehr, worüber ihr gestritten habt.

Sie legte ihren Kopf leicht in den Nacken, saß eine Weile reglos wie ein witterndes Tier, als suche sie in den vorbeiziehenden Luftschwaden nach ihrer verlorenen Erinnerung.

Es ging um Hendriks Buch, sagte ich.

Ich fand seltsam, dass Olga sich an den Fleck auf dem schwarzgefärbten Kleid erinnerte, aber nicht an den vorangegangenen, folgenschweren Streit, den ich wie eine jederzeit abspielbare Filmszene gespeichert hatte.

Hendrik, mit dem ich damals schon einige Zeit zusammenlebte, hatte seinen Roman nach jahrelangen Querelen mit der Zensurbehörde beim

Suhrkamp Verlag in Frankfurt am Main veröffentlicht. Und Rosi, deren Freundin im Kulturministerium arbeitete, hatte behauptet, schon »so einiges darüber gehört« zu haben. Was sie denn so gehört habe, wollte ich wissen, und Rosi sagte, das Buch solle ja ziemlich provokant sein, worauf ich sagte, es komme darauf an, wer das Buch liest.

Na ja, sagte Rosi darauf mit diesem dämlich hochmütigen Lächeln der Wissenden, das in mir jedes Mal die Lust aufkommen ließ, in so ein lächelndes Gesicht einfach reinzuschlagen. Na ja, sagte Rosi, wenn man solche Reizwörter wie Stasi und Mauer in ein Buch reinschreibt, dann muss man sich doch nicht wundern, wenn es nicht gedruckt wird.

Aber die Mauer und die Stasi gibt es doch, sagte ich.

Bernhard, der bis dahin mit seinem Vater gesprochen, aber offenbar den Disput zwischen seiner Frau und mir mitgehört hatte, mischte sich ein. Ein Roman sei schließlich kein Lexikon, in dem alles vorkommen müsse, was es gibt. Die Literatur lebe von Metaphern und Gleichnissen und nicht von der plumpen Benennung der Wirklichkeit. Man müsse nicht die Wörter Stasi und Mauer benutzen, um über Gewissensnöte zu schreiben.

Muss man nicht, sagte ich. Aber darf man auch nicht?

Rosi schüttelte verständnislos den Kopf. Mein Gott, Ruth, nun stell dich doch nicht dümmer, als du bist. Wenn jemand Mauer und Stasi schreibt, dann will er offenbar, dass sein Buch nicht gedruckt wird, jedenfalls nicht hier bei uns.

Sie nippte an ihrem Wein und sagte, wieder mit diesem Lächeln und die Augen irgendwo unter die Decke gerichtet: Ist ja vielleicht auch reizvoller, das Honorar in Westgeld zu kassieren.

Ich öffnete den Mund, um etwas zu entgegnen, aber ehe mir eine Antwort auf Rosis Ungeheuerlichkeit eingefallen war, hatte mein Arm sich selbständig gemacht und das volle Weinglas, das ich gerade in der Hand hielt, über Rosis neues lachsfarbenes Kleid geschüttet. Rosi schrie auf und stürzte weinend ins Bad. Bernhard holte einen Lappen aus der Küche, um den Wein aufzuwischen, der Rosis Kleid verfehlt hatte. Ich rief ihnen wütend ein paar Schimpfworte nach, wovon Gesinnungslumpen zu den harmlosen gehörte, und zündete mir mit zitternden Händen eine Zigarette an.

Ich wusste nicht mehr, warum ich gerade an diesem Tag die Beherrschung verloren hatte. Vielleicht hatte ich einfach zu viel getrunken. Aber ich erinnerte mich an Olgas hilfesuchenden Blick, den sie mal auf ihren Sohn, mal auf mich richtete, bis Hermann auf den Tisch schlug, dass Gläser und Teller klirrten, und mit patriarchalischer Schärfe in der Stimme Respekt vor der Mutter und ihrem Ehrentag forderte. Wer sich nicht dazu imstande sehe, müsse gehen, sagte er. Ich rief Fanny, die mit den anderen Kindern im Garten spielte, und ging. An Olga schrieb ich einen Brief, in dem ich mich für meine Entgleisung entschuldigte und ankündigte, ich würde bei nächsten Gelegenheiten Fanny allein schicken, da ich nicht garantieren könne, mich in Zukunft besser zu beherrschen. Kurz darauf rief Olga an und sagte: Besuch mich doch allein, das ist besser. Für alle.

Seitdem habe ich Bernhard nicht mehr gesehen, bis auf einmal, als wir schon in Schöneberg wohnten.

Und daran kannst du dich nicht erinnern, fragte ich.

Ist das noch wichtig? Eigentlich habt ihr immer gestritten, Rosi, Bernhard und du, sagte Olga.

Ich erinnere mich nur an einen einzigen langen Streit. Schließlich muss ich jetzt ein kleines Gepäck für die Reise packen.

Und dann war Olga plötzlich verschwunden. Ich saß allein auf der Bank, Olgas Stimme noch im Ohr. Der Park, der mir gerade noch menschenleer erschienen war, hatte sich auf geheimnisvolle Weise bevölkert. Überall, auf den Wiesen und Wegen lagen, saßen, liefen Leute, einige hatten es sich sogar auf den unteren Ästen alter Bäume bequem gemacht. Seltsam war, dass ich manche Menschen so deutlich und scharf erkennen konnte wie Olga, andere nur verschwommen, wie ich auch die Bäume und Sträucher, die Bank, auf der ich saß, immer noch in tanzender Partikelgestalt wahrnahm. Aber ich hatte mich wohl längst damit abgefunden, dass an diesem Tag Dinge geschahen, an die ich eigentlich nicht glaubte. Sonst hätte ich es nicht möglich, wenn auch nicht normal gefunden, dass die tote Olga aus dem Radio zu mir sprach oder plötzlich neben mir auf der Parkbank saß und ebenso wieder verschwand. Ich blieb allein auf der Bank und überlegte, was ich mit diesem angebrochenen Tag anfangen wollte.

Die Möglichkeit, nach Hause zu fahren, mir kalte Kompressen auf meine verwirrten Augen zu legen und abzuwarten, dass die untergehende Sonne den Spuk dieses Tages beenden würde, schloss ich aus. Immerhin war es noch die Stunde, in der Olga aus dem Leben verabschiedet wurde, und wenn ich auch nicht mit den anderen an ihrem Grab stand, sollte diese Zeit doch ihr gehören. Ich blieb sitzen, schloss die Augen und gab mich ganz meinem unerklärlichen, rauschhaften Zustand hin. Ich musste wohl für einige Minuten eingeschlafen sein. Ein Geräusch schreckte mich auf, das ich im Halbschlaf für das Knistern und Knacken eines nahen Feuers hielt, das sich im Wachsein aber als das wilde Zerknautschen einer sperrigen Papiertüte erwies, aus der der Mann neben mir vermutlich die Zuckerschnecke gezogen hatte, die er nun zwischen den Lippen hielt, während er mit beiden Händen die Tüte zu einem Papierball knetete, um ihn dann mit der Fußspitze auf die Wiese zu kicken. Er zog eine Bierflasche aus der Jackentasche und öffnete sie mit den Zähnen. Ich ließ mein Feuerzeug fallen und rutschte, während ich es aufhob, wie versehentlich an den äußersten Rand der Bank. Ich hätte auch aufstehen und einfach weggehen können, scheute mich aber, den Mann, dessen Aussehen und Gebaren mich zwar abstießen, zugleich aber auch mein Mitleid erregten, durch einen demonstrativen Aufbruch zu verletzen. Als er mich ansah, verstörten mich die wachen, wasserblauen Augen in seinem vom Alkohol gezeichneten Gesicht, das, wie bei den meisten Säufern, etwas Affenartiges hatte. Ich hatte mich schon früher gefragt, ob unsere zivilisatorische Haut wirklich so dünn war, dass man sie sich einfach wegsaufen konnte und gleich darunter der Affe zum Vorschein kam. Diese hellen blauen Augen mit dem herausfordernden, fast dreisten Blick erinnerten mich an etwas oder jemanden, und während ich in meinem Gedächtnis nach der Deckung für mein Gefühl suchte, fiel mir auf, dass ich den Mann nicht verpixelt, sondern so deutlich wie Olga sah, und fragte mich, was das zu bedeuten hatte.

Der Mann löste mit einem schmatzenden Geräusch den Hals der Bierflasche von seinen Lippen, sah mich dabei unverwandt an, schüttelte sich und sagte: So viel Abscheu in so schönen Augen, das kann ich nicht ertragen. Sie dürfen gehen, Gnädigste.

Er artikulierte scharf und dehnte die Worte, als wäre jedes von ihnen kostbar. Ich kannte diesen Ton, er passte zu den Augen.

Bruno?

Er drehte sich mit dem ganzen Körper zu mir, hielt, um seine Ratlosigkeit zu demonstrieren, sein Kinn zwischen Daumen und Zeigefinger, fuhr mit seinen Augen immer wieder über mein Gesicht.

Und Sie, wer sind Sie?

Ruth, sagte ich, Hendriks Frau. Damals. Bist du wirklich Bruno? Ich dachte, du wärst tot.

Natürlich bin ich tot, sagte der Mann, säße ich sonst in diesem ungeselligen Park statt in einer gehörigen Destille unter ehrlichen Trinkern?

Kein Zweifel, der Mann war Bruno. Aber warum saß Bruno, wenn er doch tot war, neben mir auf der Bank wie gerade noch Olga, die auch tot war. Ich glaubte weder an Gott noch an Globuli, ließ mir nicht aus der Hand lesen, auch keine Horoskope erstellen, und plötzlich erschienen mir Tote, und ich sprach zu ihnen wie zu Lebenden. Später habe ich manchmal gedacht, es hätte alles mit der kleinen Wolke angefangen, deren eigenwilligen Rückflug über den grellen Himmel ich so lange verfolgt hatte, bis ich nicht mehr klar sehen konnte. Ihr geheimnisvoller Richtungswechsel hatte mich in ihren Bann gezogen, mich selbst auf Abwege und in diesen Park geführt. Aber das dachte ich erst später. An jenem Tag im Park sprengte nichts von dem, was ich noch erleben sollte, meine Vorstellung von Normalität, als wäre ich für einen Tag selbst ein Teil dessen gewesen, woran ich nicht glaubte.

Aus Bruno quoll ein dunkles Geräusch wie das Grollen in einem Hohlkörper, was aber ein Lachen bedeuten sollte. Hendrik, sagte Bruno fast zärtlich. Dann noch einmal heftig: Hendrik, der Verräter. Abgehauen, als er den Erfolg witterte. Der große Exeget der Freundschaft, die ihm dann das Bier nicht wert war, mit dem er darauf angestoßen hat. »Mein Freund, ich brauche dich wie eine Höhe, in der man anders atmet.« Und als er sich die Lungen vollgepumpt hatte und meinen Kopf geplündert, hat er sich davongemacht und auf die Freundschaft geschissen.

Er nahm geräuschvoll einen Schluck aus der Flasche, wandte sich mir zu, wobei er den Kopf leicht nach hinten lehnte, als wolle er mich begutachten wie ein Gemälde. Nehmen Sie meine Rede nicht so ernst, Gnädigste, sagte er, das ist nur der Phantomschmerz wie auch mein Bier nur ein Phantombier ist. Alles reine Simulation.

Es wirkt so echt, sagte ich.

Echt? Meinen Sie damit wie im Leben, echt wie das Leben, was hieße, nur das Leben sei echt? Mit dem Tod verhält es sich wie mit der Kunst. Der Ausdruck des Schmerzes, auf Leinwand gebannt, überdauert den Lebensmoment, dem er entliehen war, um eine Ewigkeit. Auch die Ursache des Schmerzes interessiert nicht mehr, nur der ewige, alle je gefühlten Schmerzen vereinende Schmerz auf dem Bild bleibt. Denken Sie an Munchs »Schrei«. Müssen wir wissen, welches Entsetzen die Person, von der man nicht einmal sagen kann, ob sie Mann oder Frau ist, Mund und Augen so aufreißen lässt? Jeder Sterbliche kennt dieses Entsetzen in sich, und jedermanns Entsetzen, auch das der Toten und noch Ungeborenen, ist für immer bewahrt auf diesem Bild, echter als das beliebige Entsetzen irgendeines Lebendigen. Der Tod ist wie die Kunst. Dem verkommensten, verfehltesten Leben folgt er als erhabener Schluss. Der Tod adelt Betrüger, Mörder, Säufer und alle anderen Tunichtgute, er nimmt sie gnädig zurück als misslungene Schöpfungsversuche der Natur in das große Recyclingdepot, wo Gut und Böse einträchtig vermodern. Glauben Sie mir, Gnädigste, nichts ist echter als der Tod. Das Leben ist reiner Zufall. Allein unsere Zeugung ist ein Witz. Man stelle sich vor: ein Mann und eine Frau, die in nüchternem Zustand niemals zueinander gefunden hätten, von der Laune der Trunkenheit und, sagen wir, einem romantischen Mondlicht getrieben, vereinen sich für eine Nacht, schon haben wir die zufälligen Eltern. Der nächste Zufall ist, ob so ein Spermalein nun sein Ziel findet oder nicht; dann, ob die Mutter, nachdem sie uns empfangen hat, uns auch behalten will, und für den Fall, sie will, mit welchem Erbgut ausgestattet wir dann unser Leben zu bewältigen haben: schön oder hässlich, begabt und klug oder mit Dummheit geschlagen wie die meisten, stark oder schwächlich. Alles nur Zufall. Welch eine demütigende Voraussetzung für ein Leben. Der Tod aber ist ein Ritter, ehrlich und zuverlässig. Für den Tod gibt es keinen Zufall, er lässt niemanden zurück. Und erst im Dunkel des Todes erscheint unser Leben im rechten Licht.

Während seiner Rede hatte Brunos deformiertes Säufergesicht sich wundersam geglättet, das Affenartige war verschwunden, und Bruno sah wieder aus wie damals, als er und Hendrik noch Freunde waren. Ich dachte darüber nach, ob es stimmte, was er gesagt hatte, ob sein Tod uns sein Leben tatsächlich erhellt hatte. Bruno schien meine Gedanken zu kennen. Was wir nach seinem Tod über ihn gesprochen hätten, wollte er wissen.

Ich sagte, wir hätten nach seinem Tod nicht anders über ihn gesprochen als davor. Er sei so lange gestorben, dass wir uns schon zu seinen Lebzeiten mit seinem Tod abgefunden hätten.

Nein, Gnädigste, so leicht kommen Sie nicht davon. Geben Sie zu, ihr wart erleichtert, als ich endlich tot war, als dieses versoffene, gedächtnislose Wrack endlich das Atmen aufgegeben und euch von eurer Schuld erlöst hat. Einmal hat er mich noch besucht, der Profiteur meiner Höhe, in der er anders atmen konnte, ein einziges Mal. Ich war so besoffen, dass ich nicht gerade stehen konnte, aber nicht besoffen genug, um den Ekel in seinem Gesicht nicht zu erkennen. Der Dreck, die Kotze, die herumliegenden Flaschen, der Sabber, der mir von den Lippen triefte, vor allem mein hirnloses, nicht verwertbares Gelalle spiegelte sich in seinen vor Abscheu zuckenden Mundwinkeln und der Verachtung in seinen Augen. Ich nehme an, Gnädigste, das war der Tag, an dem mein Freund mich für tot erklärt hat.

Ich schwieg. Die Freundschaft zwischen Hendrik und Bruno habe ich lange nicht durchschaut. Männerfreundschaften, das hatte ich schon damals herausgefunden, waren von anderer Natur als die Freundschaften zwischen Frauen. Männer brauchten andere Gründe als Zuneigung, bloßes sich Hingezogenfühlen. Alle Männerfreundschaften, die ich kannte, hatten einen benennbaren Nutzen jenseits des Glücks, eine verwandte Seele gefunden zu haben. Meistens verabredeten Hendrik und Bruno sich allein, ohne mich, und oft kam Hendrik nach solchen Treffen so betrunken nach Hause, wie ich ihn sonst nie erlebte. Mir gegenüber war Bruno von altmodischer Höflichkeit, hinter der ich immer Taktik oder Ironie vermutete. Er küsste mir die Hand, machte Komplimente; wenn er uns besuchte, was selten vorkam, brachte er außer einem Einkaufsbeutel voll Bier einen Strauß Alpenveilchen mit, meistens aber, weil es keine Schnittblumen gab, irgendeine Topfpflanze, einmal einen Kaktus. Ich kann nicht sagen, ob ich Bruno jemals nüchtern erlebt habe. Auf jeden Fall hat er unter allen Umständen den Eindruck von Nüchternheit verbergen wollen, als wäre die Trunkenheit sein Tarnmantel, der ihn vor den Zumutungen des banalen Alltags schützen sollte. Hendrik und Bruno hatten in der Oberschule gemeinsam einen kleinen konspirativen Literaturzirkel gegründet, wo sie Proust, Kafka, Beckett, James Joyce, Uwe Johnson und was sonst zum Bildungsideal unserer Generation gehörte, gelesen oder, wenn nur ein Exemplar der raren Bücher aufzutreiben war, wenigstens in Teilen vorgelesen haben. Die unangefochtene literarische Autorität des Zirkels war Bruno, aus dessen elterlicher Bibliothek auch die meisten der Kostbarkeiten stammten. Nach der Schulzeit löste sich der Zirkel auf, nur Bruno und Hendrik trafen sich weiter und tauschten Bücher. Bruno, für die Naturwissenschaften nicht weniger begabt als für die Literatur, studierte Physik. Hendrik studierte Germanistik. Bruno begann zu trinken und Hendrik zu schreiben, was Bruno zu einem Anfall von verständnisloser Heiterkeit veranlasste. Warum er dem Wust von verzichtbarem Geschreibsel unbedingt etwas hinzufügen wolle, es sei denn, er fühle sich berufen, Größeres zu schaffen als die »Göttliche Komödie« oder den »Ulysses« oder die »Recherche«. Schon Schiller habe es vor dem »tintenkleksenden Säkulum« geekelt. Er selbst jedenfalls werde sich lieber der Lektüre der großen Meister widmen, statt sein Leben mit eigener Stümperei zu verplempern.

Hendrik bewunderte Bruno. Er schwärmte von seinen universalen Talenten, seinem vor Bosheit nicht zurückschreckenden Witz, seiner Bildung. Nur wenn er davon sprach, dass Bruno nicht den geringsten Ehrgeiz zeigte, die beneidenswerten Gaben, mit denen Natur und Herkunft ihn ausgestattet hatten, einem beruflichen Ziel zu widmen, mischte sich unter die Bewunderung zuweilen Verachtung, sogar Wut. Dass Bruno lustvoll und freigiebig an seine Saufkumpane verschleuderte, was er selbst in quälerischen Tagen und Nächten am Schreibtisch mühevoll aus sich herauswrang, demütigte ihn. Brunos Selbstverachtung müsse ihn, der mit schmalerem Talent ausgestattet war, selbstverständlich einschließen, glaubte Hendrik und sprach Bruno das Recht, aus seinen Geistesgaben nichts als ein Vergnügen zu machen, rundweg ab. Ein Talent enthalte die Verpflichtung, es zu nutzen, behauptete er. Stattdessen verdingte sich Bruno als Redakteur bei einer eher unbedeutenden wissenschaftlichen Zeitschrift, wo er mit minimalem Arbeitsaufwand seinen Lebensunterhalt sichern und für den Rest des Tages mit Leopold Bloom durch Dublin flanieren oder sich mit dem Konsul unter dem Vulkan dem Mescal ergeben konnte.

Bei unserem Umzug nach Westberlin packte Hendrik eine Kiste mit Manuskripten und Notizen, die er einem befreundeten Diplomaten anvertraute, um sie der staatlichen Zollkontrolle zu entziehen. Auf einem Stapel lag ein blaues Heft mit der Aufschrift »Bruno IV«. Es enthielt Formulierungen und Satzfetzen, auch ganze Passagen in zum Teil entgleisender Schrift, die Hendrik bei seinen Saufgelagen mit Bruno notiert haben musste. Einige davon fanden sich wörtlich in seinen Büchern.

Ein paar dunkle Wolken waren aufgezogen, was ich wegen meiner angestrengten Augen als sehr angenehm empfand. Bruno saß still neben mir und erwartete wohl immer noch eine Antwort.

Ich erinnerte mich an den Tag von Hendriks

letztem Besuch bei Bruno genau, weil es der Tag war, an dem wir zum ersten Mal von Trennung gesprochen haben, an dem Hendrik zum ersten Mal von Trennung gesprochen hat.

Er hat gesagt, du wolltest sterben, sagte ich, er hat gesagt, wer so säuft wie du, will sterben.

Bruno stieß ein krächzendes, höhnisches Lachen aus. Ach ja, das ist die Logik derer, denen Verzweiflung so fremd ist wie dem Wurm der aufrechte Gang. Darf ich Ihnen das erklären, Gnädigste. Das Trinken, nennen wir es freiweg Saufen, ist in Wahrheit eine kolossale Anpassungsleistung der unglücklich Geborenen. Stellen Sie sich vor, Sie werden geboren und sind vom ersten Augenblick an unheilbar unglücklich. Sie ahmen nach, was Ihnen vor die Augen kommt, Sie plappern, verziehen den Mund zum Lachen, und alle Welt denkt, Sie sind ein normales glückliches Kind. Sie wollen niemanden enttäuschen und spielen Ihre Rolle. Und weil es so anstrengend ist, immerfort ein Glück zu spielen, das Sie nicht empfinden, lastet ein unverstandenes Unglück mit jedem Tag schwerer auf Ihren kindlichen Schultern, bis Sie alt genug sind für die erste Begegnung mit Ihrem Retter, dem Alkohol, in meinem Fall ein

Glas Sekt der Marke Rotkäppchen, mit dem ich vierzehnjährig auf das neue Jahr anstoßen durfte. Ich trank es mit Widerwillen, dann aber, nach einigen Minuten, breitete sich eine unbekannte wärmende Leichtigkeit in mir aus, meine Glieder lockerten sich, als wären sie von einer Rüstung befreit, eine unwiderstehliche Lust zu lachen überfiel mich, der ich doch Lachen bis dahin nur als höfliche Pflicht kannte. Unbemerkt von meinen Eltern trank ich noch zwei, drei Gläser und berauschte mich an meinem Glücklichsein, das ich am nächsten Tag natürlich mit ernüchternder Übelkeit bezahlte. Seit dieser Silvesternacht aber trieb mich eine unstillbare Sehnsucht nach jenem glückseligen Zustand, der mich endlich gleichmachte mit den anderen Menschen und von dem ich nun wusste, wie ich mich in ihn versetzen konnte. Vielleicht aber hätte sich doch ein anderes Heilmittel finden lassen, das mir einen ähnlichen Rausch hätte bescheren können, wäre mir nicht trotz meiner Jugend schnell bewusst geworden, in welche dumpfe, von allem Geistigen gelöste, die menschliche Intelligenz verhöhnende Gesellschaft ich geworfen war, so dass ich nur einen Weg sah, der mir, wenn ich der Gefangenschaft schon nicht entkommen konnte, ein würdiges Leben ermöglichte: dieser Arbeiter- und Bauern-Gesellschaft jede Nützlichkeit und, soweit möglich, sogar mein Interesse zu versagen, wobei der Alkohol mein treuester Verbündeter wurde. Allerdings zog ich später eine bekömmlichere Essenz als Sekt vor und wurde, wie Sie sehen, zum gewöhnlichen Biertrinker. Wer so trinkt wie ich, will nicht sterben, sondern leben. Das ist eine Frage der gesellschaftlichen Teilhabe am Glück, von dem ich ohne meine tägliche Ration Bier ausgeschlossen gewesen wäre und mich wahrscheinlich schon mit zwanzig vor eine S-Bahn geworfen und einen unschuldigen Zugführer lebenslang traumatisiert hätte. Das Elend war nur, dass meine Organe samt dem Gehirn mein unbändiges Glücksstreben nicht überlebt haben.

Weißt du, dass Hendrik mitgeschrieben hat, wenn ihr euch getroffen habt?, fragte ich.

Aber Gnädigste, ich habe ihm doch alles in seine blauen Heftchen diktiert. Er war mein dankbarster Zuhörer, ach, dankbar, gierig war er, was mich zu Außerordentlichem beflügelte und mir obendrein die Genugtuung verschaffte, ohne die Schmach eigener Verschriftlichung meinen Teil zur Literatur beizutragen. Bis die Enttäuschung seinen Freundesblick zu verdunkeln begann, als die ersten Anzeichen meiner Verblödung einsetzten und für die magere Ausbeute von einem oder zwei Sätzen im blauen Heft die durchzechte Nacht sich nicht mehr lohnte. Aber da lockte ja schon der Ruhm auf der anderen Seite, und mein Freund, der Hundsfott, rannte dem Erfolg hinterher wie ich bei sinkendem Pegel dem nächsten Liter Frischbier.

Bruno prostete mir zu und ließ einen kräftigen Schluck von seinem Phantombier durch die Kehle fließen, gähnte ausgiebig und fragte dann, als sei er meiner Gesellschaft plötzlich überdrüssig, was ich in diesem Park eigentlich zu suchen hätte.

Ich sagte, dass ich das selbst nicht wisse und eigentlich zu einer Beerdigung gewollt, aber den Friedhof nicht gefunden hätte. Der Friedhof sei gleich nebenan, sagte Bruno und zeigte mit dem Daumen nach rechts in die Richtung, aus der ich gekommen war, da liege er auch.

Und warum bist du hier, fragte ich.

Ich bin nicht hier, ich liege da, sagte er und zeigte wieder mit dem Daumen nach rechts.

Aber ich sehe dich doch und höre dich.

Das sei meine Sache, sagte Bruno, und dann war er verschwunden.

Was sollte das heißen: es war meine Sache. An Bruno hatte ich lange nicht gedacht, ich hatte auch nicht an ihn denken wollen, schon gar nicht an Hendrik. Aber warum war ich, wenn der Friedhof nebenan lag, an ihm vorbeigefahren, da ich doch auf Brunos Begräbnis gewesen war und das große Friedhofsportal, an das ich mich deutlich erinnerte, hätte wiedererkennen müssen.

Hendrik und ich waren zufällig zur gleichen Zeit vor dem Friedhof angekommen. Es war Herbst, eine schwere Feuchtigkeit vernebelte die Luft, vermoderndes Laub bedeckte die Erde und verströmte den Geruch von Vergänglichkeit. Ein Wetter, wie bestellt für eine Totenfeier. Hendrik kam allein, die Schwäbin hatte Bruno wahrscheinlich auch gar nicht gekannt. Einen Augenblick zögerten wir beide, gingen dann aber aufeinander zu und, weil uns keine Wahl blieb, gemeinsam durch das große Portal und den Weg zur Kapelle. Der Anlass der Begegnung ersparte mir, Freude zu heucheln. Auch Hendrik gelang nur ein schiefes Lächeln. Ich hatte damit rechnen müssen, ihn hier zu treffen, und eigentlich war ich nur seinetwegen hier, wegen all der Jahre; zu den meisten hatte auch Bruno gehört. Hendrik erkundigte sich nach Fanny. Ich sagte, Fanny gehe es gut, sehr gut. Der Wind blies uns ins Gesicht und machte das Sprechen noch schwerer. Kurz bevor wir die Kapelle erreicht hatten, vor der nicht mehr als zehn Menschen wartend und frierend herumstanden, sagte Hendrik mit einer Bestimmtheit, als wolle er sich selbst von jedem Zweifel erlösen: Bruno wollte sterben.

Ich sagte den Satz, den Olga damals, als ich vor dem kranken Andy geflohen war, zu mir gesagt hatte: Schuld bleibt immer, so oder so.

Ich hatte an diesen Satz seitdem oft denken müssen. Er war desillusionierend und tröstlich zugleich. Bilde dir nichts ein, hieß er, auch auf dich warten Scheidewege und Fallen, auch du wirst nicht davonkommen. Der Trost war nur: man konnte nicht davonkommen, wie immer man sich auch mühte. Schuld bleibt immer, sagte ich noch einmal, und Hendrik antwortete: Er wollte sterben.

Vielleicht wollte Bruno am Ende wirklich sterben, wer konnte das wissen. Vielleicht war ihm, nachdem Hendrik samt den blauen Heften einfach hinter die Mauer entschwunden war, sein wichtigster Grund zu leben abhandengekommen, und er hatte das Gefühl, nicht nur den Freund, sondern auch seine Seele, die er Hendrik in die blauen Hefte diktiert hatte, verloren zu haben. Auf jeden Fall soll Bruno, der bis dahin als kontrollierter Pegeltrinker gegolten hatte, kurz nach unserem Weggang dem hemmungslosen Suff verfallen sein. Und wahr ist auch, dass Hendrik, nachdem sein Vorrat an Brunos gespeicherter Seele aufgebraucht war, nie wieder schreiben konnte wie vorher. Obwohl sein Stil mit der Zeit sicherer und geschickter wurde, fehlte den späteren Geschichten etwas schwer Benennbares, das allen Gewissheiten gleich wieder den Boden entzog, das im Tragischen das Lächerliche durchscheinen ließ und umgekehrt, das glauben ließ, der Autor verfüge über ein geheimes Wissen, das ihn Menschen und Räume deutlicher erkennen ließ als andere, eben etwas, das Hendrik nur Brunos genialisch traurigem Blick auf die Welt zu verdanken hatte, der ihm nun abhandengekommen war.

Als ich Hendrik kennenlernte, arbeitete er noch als Rezensent für eine Berliner Zeitung und schrieb gerade an seinem ersten Buch. Es war die Geschichte seines Vaters, der als sehr junger Mann ein glühender Verehrer des Führers gewesen war, später, nach sechsjähriger Kriegsgefangenschaft in Sibirien, zum überzeugten Kommunisten wurde und der, als ihm sein zweiter Irrtum allmählich, aber unabweislich bewusst wurde, in Depressionen verfiel. Er starb 1968 an einem Herzinfarkt während einer Nachrichtensendung, in der er sah, wie die sowjetischen Panzer in Prag einrollten. So war es jedenfalls in Hendriks Buch.

Außer Hendrik und seinem Verleger glaubte niemand, dass dieses Buch die Zensur passieren würde. Gottfried Süß, den Leiter eines kleinen Verlages in Thüringen, der vornehmlich Heimatliteratur im weiteren Sinne veröffentlichte, hatte Hendrik durch Zufall während einer Ferienreise nach Bulgarien kennengelernt. Während der drei Wochen in einem Ferienheim für Journalisten und Künstler hatten sie einige Flaschen Mastika, die bulgarische Variante von Ouzo, und noch mehr Flaschen Wein miteinander getrunken und sich die Geschichten ihres Lebens erzählt. Die wichtigste Geschichte im Leben von Gottfried Süß war sein Tod, der vier Minuten währte, ehe er wiederbelebt wurde und das Wasser, das ihm beim waghalsigen Baden in den zu hohen Wellen der Ostsee in die Lungen geraten war, wieder ausspeien konnte. Danach beschloss er, sein zweites, geschenktes Leben ganz in den Dienst der Wahrheit zu stellen, statt es wie sein erstes den Anforderungen einer angemaßten Herrschaft über Gebühr anzudienen. Gleich nach seiner Entlassung aus dem Krankenhaus rief er den für ihn zuständigen Genossen bei der Kreisverwaltung für Staatssicherheit an und bat um ein Gespräch, in dem er seine Mitarbeit aufkündigte, zu der er sich in seiner Funktion als Verlagsleiter hatte verpflichten lassen und der er eher widerwillig und bedacht darauf, niemandem ernsthaften Schaden zuzufügen, nachgekommen war. Er begründete seinen Entschluss mit seiner nach der Todeserfahrung stark erschütterten psychischen Stabilität, derentwegen er sich einer so speziellen Aufgabe derzeit nicht gewachsen fühle.

Es gehörte offenbar zu seinem Entschluss, sein Leben fortan als aufrechter Mensch zu bestreiten, dass er so freimütig und furchtlos über seine

Verfehlungen sprach. Als Hendrik ihm von der Tragödie seines Vaters erzählte, fand Gottfried Süß darin wohl auch Spuren seiner eigenen Irrtümer und Enttäuschungen. Außerdem fasste er ein intuitives Vertrauen in Hendriks Talent, Geschichten zu erzählen, ohne eine Zeile von ihm gelesen zu haben. Nach Hendriks Berichten hatte Süß ihm eines Nachts, beflügelt von der Euphorie des gemeinsamen Rauschs, einen Vertrag und ein kleines, aber ausreichendes Stipendium für den Roman über die Geschichte seines Vaters angeboten. Hendrik, der bis dahin ein paar Erzählungen, vor allem aber Gedichte geschrieben hatte, beendete seine Rezensententätigkeit und sah sich endlich am Ziel seiner jugendlichen Träume angekommen. Er war jetzt ein Schriftsteller.

Ich lernte ihn bei einer Geburtstagsfeier kennen, wo ich ganz zufällig gelandet war, weil eine Freundin mich mitgenommen hatte. Ein paar Tage später rief er mich an, die Telefonnummer hatte er sich von meiner Freundin geben lassen. Als wir uns zum dritten oder vierten Mal trafen, las er mir aus seinem Manuskript vor. Ich saß in einer Ecke des Sofas, Hendrik auf einem Stuhl mir gegenüber. Er trug Jeans und ein weißes Hemd und hatte eine Stimme, von der später einmal jemand sagte, sie klinge wie ein Roman. Die Sätze drangen in mich ein wie Hitze oder Kälte, jedenfalls wie etwas, gegen das ich nichts ausrichten konnte. Viele Jahre später habe ich mich manchmal gefragt, ob ich mich an diesem Abend vielleicht weniger in Hendrik verliebt hatte als in seinen Roman; und in Brunos Traurigkeit, die ich, weil ich von den blauen Heften noch nichts wusste, in Hendrik vermuten musste. Hendrik ohne seinen Roman war damals undenkbar.

Das Manuskript trug er in einer kleinen schweinsledernen Aktentasche immer bei sich, auch wenn wir ins Kino oder spazieren gingen. Sogar in der Wohnung nahm er es von einem Zimmer mit ins andere oder in die Küche, nachts lag es auf dem Fußboden vor seinem Bett.

Es kam dann, wie alle außer Hendrik und Herrn Süß es befürchtet hatten. Nach jahrelangen Verhandlungen und sogar Rücktrittsdrohungen von Gottfried Süß blieb die Zensurbehörde bei ihrem abschlägigen Bescheid. Hendrik, der inzwischen schon an seinem zweiten Buch schrieb, konnte sich nicht damit abfinden, dass sein erstes als Leiche geboren sein sollte. Er fuhr zur Leipziger

Buchmesse und übergab sein Manuskript einem Mitarbeiter des Suhrkamp Verlages. Einige Monate später kam ein Brief aus Frankfurt, in dem der Verlag sein Interesse bekundete und den Besuch eines Lektors ankündigte. Gottfried Süß machte seine Drohung, mit der er niemanden hatte erschrecken können, wahr. Er kündigte und übernahm den gerade frei gewordenen Direktorenposten des Heimatmuseums der kleinen thüringischen Stadt, in der auch sein Verlag residierte, den er nun geschlagen, aber aufrecht, wie er es sich versprochen hatte, verließ.

Und ich habe dann bei Olgas fünfundsechzigstem Geburtstag ein Glas Rotwein über Rosis neues lachsfarbenes Kleid geschüttet.

Rosi, Bruno und immer wieder Hendrik. Ich hatte nicht an Hendrik denken wollen; ich hatte mir verboten, an ihn zu denken. Nachdem er ausgezogen war, hatte ich eine Zeit lang geheult, ich weiß nicht mehr wie lange. Ich war krank wie ein angeschossenes Tier. Bis ich mir verboten habe, an ihn zu denken. Sobald ich trotzdem an ihn denken musste, habe ich mir befohlen, sofort an etwas anderes zu denken, an Fanny oder ein

Bild oder an die ausstehende Steuererklärung, an irgendetwas, nur nicht an ihn. Ich halte nichts von Bewältigungstherapien und sogenannter Trauerarbeit, jedenfalls nicht bei so alltäglichen Vorkommnissen wie zerschlissenen Lieben. Hendrik hatte mich verlassen, daran war nicht mehr zu verstehen, als dass es so war. Nicht an ihn denken war die pazifistische Art, ihn zu töten. Wenn man sich zwingt, an jemanden nicht zu denken, trocknet dieser Jemand aus wie eine Mumie, er wird leicht und verwechselbar. Erst als ich so lange an Hendrik nicht gedacht hatte, dass er zur Mumie geschrumpft war, wagte ich, mich wieder an die Jahre mit ihm zu erinnern, an die Reisen nach Island und New York, an die ersten Jahre in Schöneberg, immer mit Hendriks schweigsamer und gesichtsloser Mumie an der Seite. Sogar als er mir bei Brunos Beerdigung leibhaftig gegenüberstand, erwies sich meine Mumienstrategie als wirksam. Meine Gefühle für ihn schienen sich seiner Schrumpfgestalt angepasst zu haben. Keine Liebe, kein Hass.

Und plötzlich war er wieder aus Fleisch und Blut, nach zehn Jahren. Ich wollte nicht an Hendrik denken, ich musste meine Denkrichtung ändern, nicht rückwärts, sondern vorwärts, in die Zukunft, dahin, wo Hendrik nicht sein konnte. Hinter geschlossenen Lidern suchte ich nach einem Bild meiner möglichen Zukunft, aber nichts fügte sich zu etwas Erkennbarem, nur wildes Zucken und Flattern. Dann aber, als ich es fast schon aufgeben wollte, eine weiße Gestalt, liegend auf einem Tisch oder einem bettähnlichen Gestell, das Gesicht fahl wie von Mehl bestäubt. Ich, tot, meine Zukunft. Natürlich, was sonst. Jedermanns Zukunft war der Tod. Ich fand es passend, über den Tod nachzudenken, schließlich hatte er mich in diesen Park gelotst. Überhaupt hatte ich in letzter Zeit das Gefühl, der Tod schmuggele sich bedenklich oft und unvermittelt in meinen Alltag. Es kam vor, dass ich morgens das Haus verließ, die ersten Atemzüge der noch kühlen, von einem nächtlichen Regen reingewaschenen Frühlingsluft einsog und sich unter mein gerade noch empfundenes Glück die Frage mischte, wie oft ich wohl einen Frühling noch erleben würde. Und als ich mir kürzlich einen neuen Kühlschrank kaufen musste, war mir eingefallen, dass es vielleicht der letzte Kühlschrank in meinem Leben sein könnte. Eigentlich fühlte ich mich gesund, und bis zum durchschnittlichen Sterbealter der weiblichen Bevölkerung blieben mir noch mehr als zwanzig Jahre. Trotzdem verging kaum ein Tag, an dem ich nicht für ein paar Sekunden an mein vorhersehbares Wegsein denken musste. Es war nicht das Sterben an sich, auch nicht der Abschied von den Menschen, die ich liebte, sondern nur dieses Wegsein, mein Wegsein, das mir so unverständlich blieb wie die Unendlichkeit des Weltalls oder der Urknall, der ja sofort die Frage aufwarf, was vor dem Urknall passiert war, damit er überhaupt zustande kommen konnte. Dabei kam mir der Tod anderer Menschen, sogar der meiner Mutter, durchaus natürlich vor. Menschen wurden geboren, und wenn sie alt oder krank waren, starben sie. Milliarden Menschen waren zuerst da und dann weg. Aber es gelang mir nicht, mich in diese Natürlichkeit einzureihen. Mein eigener Tod blieb für mich eine absolut unvorstellbare, wenn auch mit Sicherheit zu erwartende Angelegenheit. Ich konnte mich auch nicht mit dem Gedanken trösten, dass es nach dem Sterben eigentlich nicht schlimmer sein konnte als vor dem Geborenwerden, womit ich ja keine schlechte Erinnerung verband, aber die Kränkung lag eben im Wegsein, während alles andere, die Stadt, die Straße, das Haus, der Stuhl, die Bilder, das Bett, noch da sein würde. In solchen Augenblicken wäre ich gern religiös gewesen und beneidete alle Menschen, die ernsthaft an einen Gott und ihr Weiterleben nach dem Tod glaubten, obwohl ich nicht verstand, wie ihnen das gelingen konnte.

Als ich jung war, hing ich weniger am Leben und war damit wohl keine Ausnahme. Ich habe oft darüber nachgedacht, warum wir in einer Zeit, nach der sich die meisten später als der schönsten zurücksehnen, so enttäuscht vom Leben sind, dass wir schon wegen einer unerwiderten Liebe in Erwägung ziehen, auf den ganzen Rest zu verzichten; und warum wir dreißig oder vierzig Jahre später, wenn die Leidenschaften erlahmt und die Lieben entzaubert sind, wenn die Bilanz der Niederlagen und Erfolge fast abgeschlossen ist und Krankheiten und drohendes Siechtum die verbleibende Zeit schon verdüstern, warum wir dann so verbissen um jeden Tag kämpfen, martialische Operationen und Therapien erdulden, Gliedmaßen amputieren lassen, uns füttern und windeln lassen, nur um noch einmal den Frühlingswind auf der trockenen Haut zu spüren, wenn er durch das offene Fenster bis an unser Krankenlager weht.

Vielleicht sind unsere frühen Erwartungen angemessen, unser Widerwillen berechtigt, die sogenannte Lebenswirklichkeit tatsächlich eine Zumutung, und wir hätten allen Grund, die vorhersehbaren Strapazen und Enttäuschungen auszuschlagen und nach angemessener Probezeit dem Leben wieder zu kündigen. Und nur unser biologischer Auftrag zur Arterhaltung hindert uns an der Konsequenz.

Als ich sehr jung war, gerade kein Kind mehr, war der Gedanke an den Tod jedenfalls verführerisch. Ich fuhr jeden Tag mit der U-Bahn zur Schule, und eine Zeit lang gehörte es zu meinem täglichen Ritual, die Fußspitzen über die Bahnsteigkante zu schieben und so, gleich neben dem Tunneleingang, auf den Zug zu warten. Erst wenn der Luftstoß, den die Bahn vor sich herschob, mir gegen den Kopf schlug, trat ich einen Schritt zurück. Der Tod war mein stärkster Verbündeter gegen die Schule, den Sekretär, vor allem gegen meine Mutter, die für die Anwesenheit des Sekretärs in unserer Wohnung verantwortlich war und die, hoffte ich, weil sie mich liebte, die Härte meiner Strafe, vorausgesetzt ich würde eines Tages versehentlich den Schritt zurück nicht schaffen, niederschmettern müsste. Es ging bei dem Spiel nicht um den Tod, es ging um den Protest, aber der Tod als Einsatz, also mein ganzes Leben, muss mir wohl nicht zu hoch erschienen sein.

Und später? Erlahmt unser Widerstand? Verschiebt sich das Maß, und wir nehmen, was gerade noch als Zumutung empfunden wurde, als eine Aufgabe an, die Leidenschaften weckt, Ehrgeiz, Neugier, Liebe? Seit Fanny geboren war, fürchtete ich den Tod. Ich erinnerte mich an eine Autofahrt ins Erzgebirge, die ich im Auftrag des Museums unternehmen musste, weil ein junger Pfarrer glaubte, in seiner Dorfkirche eine Marienstatue von unschätzbarem Wert entdeckt zu haben. Ich verstand nicht viel von sakraler Kunst, aber der zuständige Mitarbeiter war krank oder im Urlaub. Jedenfalls fiel die Wahl auf mich. Fanny war gerade drei oder vier Monate alt. Unser Direktor hatte mir seinen Dienstwagen zur Verfügung gestellt, weil die Zugverbindungen in die entlegene Gegend wegen Schnee und Eisglätte wie in jedem Winter unberechenbar waren. Der Fahrer war ein besonnener Mann um die fünfzig. Trotzdem saß ich steif vor Angst auf der Rückbank, und die Tränen liefen mir über das Gesicht, weil ich sicher war, dass diese Fahrt dazu bestimmt war, mich als Strafe für meinen hochmütigen Umgang mit dem Tod aus meinem ungeheuren, fast noch unverstandenen Glück zu reißen.

Die Marienfigur erwies sich als eine geschickte Kopie aus dem neunzehnten Jahrhundert, nicht viel mehr wert als unsere Fahrt über die eisverkrusteten Serpentinen.

Jemand tippte mir sanft auf die Schulter, Olga stand hinter mir, diesmal nicht im Totenhemd, sondern wie ich sie im Leben gekannt hatte, mit einem schmalen Rock, einer cremefarbenen Bluse und der dunkelblauen Strickjacke.

Komm weg von dieser Bank, sagte sie, steh auf, wir gehen ein Stück.

Ist die Beerdigung schon vorbei, fragte ich.

Schon seit über einer Stunde, sie trinken schon fröhlich und brauchen mich nicht mehr. Es ist schön hier, sagte Olga.

Und es duftet so, sagte ich, weil ich wegen meiner immer noch eingeschränkten Sehfähigkeit die Schönheit des Parks nicht beurteilen konnte.

Wir bogen ab in einen menschenleeren Seitenweg, der so schmal war, dass wir nur mit Mühe nebeneinander gehen konnten. Ich überlegte, ob ich Olga jetzt fragen könnte, was ich mich zu ihren Lebzeiten zu fragen nicht gewagt hatte. Aber noch ehe ich das Für und Wider erwogen hatte, öffnete sich mein Mund und sprach los. Seit ich in der Zeitung den Aufsatz eines Hirnforschers gelesen hatte, der die freie Willensbildung des Menschen bestritt und behauptete, dass, ehe wir etwas bewusst entscheiden, die Wahl in unserem Hirn längst getroffen sei, beobachtete ich zuweilen das kausale Verhältnis zwischen meiner Entscheidungsfindung und der folgenden Aktion. Das Ergebnis war bestürzend, wie jetzt gerade. Während ich noch darüber nachdachte, ob ich Olga diese bestimmte indiskrete Frage stellen wollte oder nicht, hatte etwas in meinem Kopf längst die Entscheidung getroffen, und ich hörte überrumpelt, wie ich Olga fragte, warum sie bei Hermann geblieben sei, auch als sie von der zweiten Frau und deren Kindern schon wusste.

Ich selbst hatte von Hermanns Doppelleben erst bei seiner Beerdigung erfahren. Etwas abseits von Olga und ihren Söhnen, aber nahe am Grab standen zwei mir unbekannte, von Schluchzen geschüttelte Mädchen, vielleicht vierzehn und fünfzehn Jahre alt, deren herzzerreißende Trauer ich mir nicht erklären konnte.

Das sind Hermanns Töchter, klärte Rosi mich auf, kennst du die Geschichte nicht?

Die Geschichte war mindestens so alt wie die Mädchen: Hermann hatte, solange ich ihn kannte, eine zweite Familie, eine Frau und zwei Töchter, denen er Kleider gekauft, Ferienreisen und Jugendweihen finanziert hatte und denen er vielleicht ein zärtlicherer Vater gewesen war als seinen Söhnen, die er mit Olga hatte. Das erzählte mir später Fanny, die bis zu Hermanns Tod von dieser Verwandtschaft auch nichts geahnt hatte.

Was sind die eigentlich von mir, hatte Fanny gefragt.

Deine Tanten.

Wieso? Die sind doch nicht älter als ich.

Trotzdem, die sind deine Tanten.

Wie lange Olga und ihre Kinder von Hermanns ungeheuerlichem Betrug schon wussten, erfuhr ich auch später nicht. Olga sprach nicht darüber, und ich wollte sie nicht fragen. Nur einmal hatte Olga erzählt, dass sie, nachdem eine Geliebte

Hermanns sie aufgesucht und zum Verzicht auf ihren Ehemann aufgefordert hatte, nie mehr hätte mit ihm zusammen sein können wie vorher, womit sie wohl meinte, dass sie seitdem nie mehr mit ihm geschlafen hatte. Und es klang so, als hätte dieses Ereignis sehr lange zurückgelegen. Es sei nicht mehr gegangen, sie hätte es einfach nicht mehr gekonnt. Das war die einzige Intimität, die Olga mir gegenüber in fast dreißig Jahren preisgegeben hatte.

Der Pfad hatte sich noch verengt, und ich lief jetzt hinter Olga.

Warum bist du nicht einfach weggegangen, rief ich ihr nach.

Olga blieb stehen, drehte sich um, sagte: Einfach. Einfach weggehen. Bist du damals einfach gegangen? Das eine wäre so schwer gewesen wie das andere. Du konntest nicht bleiben, und ich konnte nicht gehen. Er ist ja auch nicht gegangen. Und jetzt liege ich für immer neben ihm, ich allein, sagte Olga.

Und ich sagte, vielleicht komme es ja nur darauf an, dass man das schafft.

Eine Weile liefen wir schweigend hintereinander her. Weiche Zweige streiften mein Gesicht und verfingen sich in den Haaren. Auf einer kleinen Brücke blieben wir stehen, lehnten uns über das Geländer und starrten in das trübe Flüsschen unter uns.

Für die einen kommt es darauf an, sagte Olga, und für andere nicht. Mir ist nichts anderes eingefallen. Ich war Hermanns Frau und die Mutter meiner Kinder.

Aber wenn du Schauspielerin geworden wärst?, fragte ich.

Olga streckte sich, lachte. Hast du nicht gesagt, ich sei zu schamhaft gewesen? Ich war keine Schauspielerin.

Vor allem, sagte Olga, hätte schon der Gedanke, abends, nachts und morgens immer allein zu sein, in ihr nur finstere Ratlosigkeit hinterlassen. Alleinsein sei ihr vorgekommen wie der Abschied vom Leben.

Nach Hermanns Tod war Olga dann trotzdem allein. Monatelang war sie wie betäubt. Wenn ich sie besuchte, kochte sie Kaffee wie immer, saß aufrecht, aber kraftlos, mit einem Lächeln, das wie ein heimliches Weinen wirkte, auf ihrem angestammten Platz, Hermanns Sessel gegenüber, als warte sie auf seine abendliche Heimkehr. Nach einem halben Jahr nahm sie eine Aushilfsstelle in einer Buchhandlung in ihrer Nachbarschaft an. Sie freundete sich mit der Buchhändlerin an. Und als die junge Frau, für die sie eingesprungen war, sich nach der Geburt ihres Kindes doch lieber um dessen Aufzucht kümmern wollte, bekam Olga eine feste Anstellung und ging nun dreimal wöchentlich für vier Stunden in den Buchladen. Mit ihrer neuen Freundin, der Buchhändlerin, fuhr sie nach Griechenland und Spanien, in Berlin gingen sie gemeinsam ins Kino oder ins Theater. Ich nahm an, dass es auch die Buchhändlerin war, die Olga mit den Bahai bekannt gemacht hatte. Jedenfalls hatte Olga mich eines Tages gefragt, ob ich wisse, dass sie eine Bahai sei.

Ich dachte, du bist Protestantin, sagte ich.

Nein, ich bin eine Bahai, sagte Olga.

Ich hatte zwar immer vermutet, dass Olgas moralische Gewissheiten einem religiösen Kodex folgten, ohne mir darüber aber weitere Gedanken zu machen. Es war mir peinlich, dass ich über die Bahai nicht mehr wusste, als dass sie eine religiöse Gemeinschaft waren und dass es irgendwo in Deutschland einen Bahai-Tempel gab. Sonst hätte ich Olga vielleicht gefragt, warum und wie sie zu einer Bahai geworden war. Aber vielleicht hätte ich auch nicht gefragt, wenn ich damals schon gewusst hätte, dass die Bahai die friedlichsten aller Gläubigen waren, deren Andachten alle Religionen einschlossen, und dass der Bahai-Glaube weltweit wenigstens fünf Millionen Anhänger hatte, wovon allerdings nur ein paar tausend in Deutschland lebten. Gespräche über Religion, sofern ich sie mit gläubigen Menschen führen musste, endeten für mich immer in einem hilflosen Unbehagen. Ich sah im Glauben an den einen sorgenden Gott vor allem die Unfähigkeit, das unfassbare Geheimnis zu ertragen, dessen winziger Bestandteil wir waren, unser Dasein und Wegsein, den herabstürzenden Ast, von dem Ödön von Horváth auf den Champs-Elysées erschlagen wurde. Die Menschen kannten Frühling, Sommer, Herbst und Winter. Welche Zeiten kannte die Eintagsfliege, morgens, mittags, abends, nachts? Manchmal stellte ich mir vor, Wind sei der Atem eines unerkennbar großen Wesens, das die Zeit von einer Eiszeit zur nächsten maß und in dessen Augen die Menschen wie Eintagsfliegen waren. Nur käme ich nie auf die Idee, zu diesem Wesen um Beistand zu beten. Schließlich tat ich auch nichts für die Eintagsfliege, im Gegenteil, ich schlug sie tot. Sobald ich einem Gläubigen diese meine gottlose Existenz schilderte, flammte in dessen Augen, je nach Wesensart, Mitleid oder Hochmut auf. Der Blick der Hochmütigen erinnerte mich immer an meine Mutter, den Sekretär, die dicke Doro und an dieses infame Lächeln von Rosi, das Lächeln der Wissenden, die, wie sich herausstellte, gar nichts wussten, nicht einmal als die Spatzen es längst von den Dächern pfiffen, dass das Land, in dem sie die Zukunft der Menschheit aufgehoben glaubten, längst bankrott war und menschenleer gewesen wäre, hätte man das Volk nicht darin eingemauert. Am wenigsten verstand ich, wie ein Mensch, der sich selbst als gläubig bezeichnete, seinen Glauben in den Rang von Wissen erheben konnte. Dass ein Gott über uns wachte, der Mann und Frau, die großen und kleinen Tiere mitsamt der Heerschar von Bakterien und Geziefer und das ganze geniale Gefüge der Welt erschaffen hatte, das glaubte der Gläubige nicht, das wusste er, während ich, wenn ich auf der Wiese lag und in den Himmel sah, mich in den nächsten, übernächsten und überübernächsten Himmel vordachte, bis mir übel wurde von der unendlichen

Tiefe und meiner Winzigkeit, während ich dann, um im Strudel all der Unbegreiflichkeiten nicht zu versinken, Rettung suchen musste im Beobachten irgendeines kleinen Getiers, hunderttausendmal kleiner als ich, das sich an einem wankenden Grashalm empor zur Himmelsbläue hangelte.

Olga hat ihr Leben als Bahai entweder eher heimlich praktiziert, oder sie hat die Ge- und Verbote den gegebenen Umständen angepasst. Sie trank ein Glas Wein, wenn alle tranken, sie betete nie, wenn andere es hätten bemerken können, sie fastete nicht. Ihr Bahai-Sein kann sich eigentlich nur auf die zwölf ethischen Grundsätze der Bahai bezogen haben, die, würden alle Menschen sie befolgen, die Harmonie zwischen allen Religionen und Nationen, zwischen Glauben und Wissenschaft, Männern und Frauen garantieren könnten.

Ein paar Enten ließen sich verträumt auf dem gemächlich fließenden Wasser treiben.

Schade, dass wir kein Brot dabeihaben, sagte Olga.

Bist du jetzt eigentlich immer noch eine Bahai?, fragte ich.

Ich weiß nicht, sagte Olga, wenn es nach den Bahai ginge, müsste das jetzt wohl gleichgültig sein. Aber seit wann interessierst du dich für Religion?

Nur notgedrungen, sagte ich. Die Religion mache sich in den letzten Jahren sogar für Atheisten spürbar wieder breit, und wie sich die Dinge entwickelten, sei es schließlich denkbar, dass in absehbarer Zeit die eigene Lebensform sich nur verteidigen lasse, wenn man sie religiös begründen könne. Dann sei es nicht nur vorteilhaft, sondern sogar unbedingt erforderlich, dass man sich selbst auf eine Religion berufen könne, Gott gegen Gott sozusagen. Und ich hätte schon überlegt, ob ich, sollte ich eines Tages ohne Religion nicht mehr auskommen, nicht auch eine Bahai werden sollte.

Olga sah mich lange aus ihren immer noch sanft glänzenden Augen an. Das wäre schade, sagte sie und verschwand.

Ich blieb noch eine Weile auf der Brücke stehen, sah den Enten zu, die inzwischen auf Nahrungssuche über die Böschung watschelten, und dachte darüber nach, wie Olga ihr Bedauern gemeint hatte; ob es zum Schaden der Bahai wäre, von ungläubigen Mitgliedern wie mir, die zudem gern Wein tranken und auch nicht fasten wollten, unterwandert zu werden, oder ob es schade um mich wäre, wenn ich aus so profanen Gründen einer Religion beitreten müsste.

Ein laut streitendes Paar näherte sich der Brücke. Eine Frau zog ihren hinfälligen Mann hinter sich her und stieß dabei unablässig derbe Verwünschungen aus, wobei ich nicht herausfinden konnte, ob die ihrem Mann oder den allgemeinen Umständen galten. Ich ging weiter, ehe sie die Brücke erreicht hatten, lief ein Stück quer über eine große Wiese und suchte mir einen Platz unter einer alten Birke, deren hängende Zweige mich wie ein Vorhang halb verdeckten. Das zeternde Paar blieb unschlüssig auf dem breiten Weg am Rand der Wiese stehen und konnte sich offenbar nicht einigen, welche Richtung es nun einschlagen wollte. Die Frau, deren Haar, wenn meine unzuverlässigen Augen mich nicht täuschten, eine leuchtend silberblaue Farbe hatte, zeigte in die Richtung, aus der ich anfangs gekommen war, während der Mann dahin zog, wo ich den Friedhof vermutete, am Ende taperte er seiner Frau hinterher. Die Stimmen der beiden kamen mir irgendwie bekannt vor, aber mir fiel nicht ein, wem ich sie hätte zuordnen können. Ich zündete mir eine Zigarette an, unzählige kleine, grüne

Herzen pendelten an dürren Zweigen vor meinen Augen und milderten das grelle Sonnenlicht, ein warmer Wind streichelte mein Gesicht. Was für ein Tag, dachte ich, was für ein unglaublicher Tag. Ich lehnte meinen Kopf gegen den Baum und dämmerte halb schlafend vor mich hin. Ich wusste nicht, wie lange ich so gesessen hatte, als ich Blicke auf mir spürte und ein heißer Atem meine Hand streifte. Ich öffnete die Augen und sah vor mir einen großen, honigfarbenen Hund, der gerade meine Schuhe beschnüffelte. Ich sagte etwas wie na du oder wo kommst du denn her, und hielt ihm meine Hand entgegen, ohne ihn zu berühren. Er lenkte seine Aufmerksamkeit von den Schuhen auf die Hand, beroch sie ausgiebig und beendete den Vorgang, indem er mit der Zungenspitze zweimal kurz über meinen Handrücken fuhr. Dann setzte er sich hin und sah mich an. Er saß ganz still, und allmählich floss mir aus den flirrenden Partikeln ein deutliches Bild zusammen. Der Hund hatte hochstehende Ohren, deren Spitzen nach innen abknickten, eine nicht sehr lange, bärtige, in einer rosafarbenen Nase endende Schnauze, vor allem aber hatte er eisblaue Augen, die aussahen, als hätte man sie aus einem Menschengesicht in diesen Hundekopf verpflanzt, und aus denen er mich aufmerksam und erwartungsvoll fixierte. Solche Augen hatte ich bis dahin nur bei Huskys gesehen und meistens den Blick schnell abgewendet, weil etwas ganz und gar Unheimliches in diesen menschlichen Hundeaugen lag, das an verwunschene Prinzen, Werwölfe und Wiedergeburt, auf jeden Fall aber an eine verstörende Verwandtschaft zwischen Mensch und Hund denken ließ. Ich setzte mich auf und strich ihm mit der flachen Hand vorsichtig über Nacken und Rücken. Sein Fell fühlte sich rau und staubig an, ein zerschlissenes Lederband ohne Steuermarke oder sonstigen Hinweis auf seine Herkunft hing ihm um den Hals. Ich redete auf ihn ein, ob er zu niemandem gehöre und wie er heiße, ob er Hunger habe oder Durst, und dachte dabei, wie blödsinnig die Angewohnheit der Menschen war, mit Tieren zu sprechen, sie obendrein zu befragen, wohl wissend, dass sie keine Antwort erwarten konnten. Trotzdem schien dem Hund mein Gerede zu gefallen. Er rückte ein Stück näher und lehnte seine Stirn gegen meine Schulter, was ich als Aufforderung verstand, ihn hinter den Ohren zu kraulen. Als Kind hatte ich einen Hund, Nicki, einen schwarzbraunen Mischlingsrüden, den meine Mutter einem Kollegen abgenommen hatte, weil der die nicht vermittelbare, unstandesgemäße Brut seiner Rassehündin ersäufen wollte. Ich war neun Jahre alt, als sie zu Beginn der Sommerferien das kleine tapsige Knäuel auf den Teppich in unserem Wohnzimmer setzte und sagte: Wenn du ihn haben willst, musst du auch für ihn sorgen. Wir blieben den ganzen Sommer in Berlin und sahen dem Hund beim Wachsen zu. Nach den Ferien blieb der Hund tagsüber bei Frau Mehlhorn aus der dritten Etage, die auch auf mich aufpasste, weil ich mich schon nach der ersten Klasse geweigert hatte, die Nachmittage im Schulhort zu verbringen. Ich ging ohne den Hund nirgends mehr hin, sogar zu den Pioniernachmittagen nahm ich ihn mit. Er wurde zum Glück nicht größer als sein Vater, ein Terrier, obwohl seine Mutter eine Schäferhündin war. Eigentlich war der Satz, ich hätte als Kind einen Hund gehabt, falsch, jedenfalls nicht richtig. Für Kinder sind Tiere nicht nur Tiere; sie sind, wie die Kinder, keine Erwachsenen und sind den Erwachsenen ausgeliefert wie Kinder. Sie werden versorgt, aus dem Zimmer geschickt, sie sollen gehorchen und nicht stören, wenn Erwachsene beschäftigt sind oder gerade miteinander sprechen. Nicki war nicht nur mein Hund, er war mein Vertrauter, mein Freund, mein kleiner Bruder, bis meine Mutter drei Jahre nach dem Hund den Sekretär in unsere Wohnung brachte. Nicki hasste den Sekretär, wahrscheinlich weil ich ihn hasste. Nach einigen Monaten behauptete der Sekretär, er leide, seit er bei uns wohne, unter permanentem Schnupfen und Kopfschmerzen, was auf eine Tierhaarallergie schließen lasse, die er sich kurz darauf von einem Arzt bescheinigen ließ. Als ich eines Tages aus der Schule kam, war Nicki nicht mehr da. Er sei plötzlich krank geworden, behauptete meine Mutter, Krämpfe, Erbrechen, Fieber, sie hätten ihn in die Tierklinik bringen müssen, wo er einige Tage später angeblich starb. Ich habe weder an Nickis Krankheit noch an die Allergie des Sekretärs geglaubt. Der Sekretär hatte, davon war ich überzeugt, Angst vor Hunden, sogar vor einem so kleinen Hund wie Nicki, womit sich zu meinem Hass noch Verachtung gesellte. Ich dachte daran, den Sekretär zu töten. Irgendwo hatte ich gehört, dass man im alten China Menschen umgebracht hatte, indem man gekochte Reiskörner auf das Schwanzhaar eines Pferdes zog, die Reiskörner anschließend auseinanderschnitt und sie dem Opfer unter das Essen mischte, damit die winzigen Borsten des Schwanzhaares sich in dessen Magen- und Darmwände bohren und ihm einen qualvollen Tod bereiten würden. Meine Mordpläne scheiterten allerdings schon an der Beschaffung eines Pferdeschwanzhaars.

Du heißt jetzt Nicki, sagte ich zu dem Hund, wiederholte noch dreimal den Namen, entfernte mich ein paar Schritte und rief ihn dann: Nicki. Er sprang auf, wedelte mit dem Schwanz und kam mir nach.

Aus einem hinteren, von unserer Position nicht einsehbaren Teil des Parks wehten Fetzen undefinierbarer Geräusche herüber, Gesang oder Geheul, vielleicht auch verzerrte Stimmen aus einem Radio. Der Park mit seinen rätselhaften Erscheinungen hatte mich derart in seinen Bann gezogen, dass ich nicht auf die Idee kam, ihn zu verlassen, zumal die Gesellschaft des Hundes meinem einsamen Umherstreifen nun einen gewissen Sinn verlieh. Da ich sonst kein Ziel hatte, folgte ich den seltsamen Tönen, die jetzt gerade wie ein zittriges Jaulen klangen. Nicki lief dicht neben mir. Wir überquerten die Wiese in Richtung eines dichten Gesträuchs, durch das ein vom Hauptweg abzweigender Pfad in die Tiefe des Parks zu führen schien. Noch ehe wir den breiten, die Wiese einschließenden Weg erreicht hatten, tauchte plötzlich wie aus dem Nichts das Paar mit der blauhaarigen Frau wieder auf. Die Frau hatte den Mann am Handgelenk gepackt und zog ihn energisch hinter sich her. Ihre Frisur war zerzaust, die Kleidung verrutscht. Überhaupt wirkten die beiden gehetzt, als würden sie gejagt und suchten verzweifelt ein rettendes Tor, hinter dem sie Zuflucht finden könnten. Sie blickten sich hastig nach allen Seiten um, fanden ein junges Paar auf einer Parkbank, das gerade Luft holte zwischen zwei Küssen. Die Frau sprach auf das Mädchen ein, begleitete ihr Reden mit fahrig herrischen Gesten, während ihr Mann an den Manschetten seines weißen Hemdes herumzupfte. Die Antwort des Mädchens schien sie nicht zu befriedigen. Ohne sich nach ihrem Mann umzusehen, lief sie weiter, direkt auf mich zu. Das Paar auf der Bank rief ihr etwas nach, was ich nicht verstand, das Mädchen lachte böse. Der junge Mann schwang drohend eine Faust.

Halt, rief die Blauhaarige in meine Richtung, bleiben Sie stehen.

Sie meinte mich. Nicki gab ein kleines dunkles Grollen von sich und hob kampfbereit den Schwanz. Als die Frau sich mir bis auf wenige Schritte genähert hatte, glaubte ich, obwohl ich ihr Gesicht und ihre Gestalt genau erkennen konnte, an eine neuerliche optische Täuschung. Es war mir peinlich, dass ich ein kurzes ungehöriges Lachen nicht unterdrücken konnte.

Mein Gott, Sie sehen aus wie ...

Sie unterbrach mich schroff: Ich sehe nicht aus wie, ich bin Margot Honecker, und das ist Erich, sagte sie und wies mit dem Daumen hinter sich, wo ihr Mann keuchend und die Hand am Herzen langsam auf uns zukam. Er sah wirklich aus wie Erich.

Aber sind Sie nicht in Chile, fragte ich, und ist er nicht tot?

Das hätten Sie wohl gern, sagte sie, nur weil der konterrevolutionäre Mob durch die Straßen tobt. Wir haben schon Schlimmeres überstanden, Erich und ich.

Aber was machen Sie in diesem Park?

Inzwischen war auch Erich angekommen und

ließ sich seufzend, das Herz immer noch mit der Hand umkrampfend, in das Gras fallen.

Was für eine dumme Frage, sagte Margot, beugte sich zu ihrem Mann und tupfte ihm den Schweiß von der Stirn, erst einen todkranken Mann aus dem Haus jagen und dann fragen, warum wir obdachlos durch den Park irren.

Das war doch vor zwanzig Jahren, wollte ich sagen, schwieg aber lieber, weil ich schon ahnte, dass in diesem Park nicht nur die Toten wie Lebende herumstolzierten, sondern auch die Zeit ablief, wie sie wollte.

Nicki hatte sich neben Erich auf die Wiese gelegt und sah ihn aus seinen blauen Augen an. Erich, zu schwach oder zu ängstlich, einfach aufzustehen und sich Nickis durchdringendem Menschenblick zu entziehen, zischte: Warum guckt der so?

Er hat blaue Augen, sagte ich.

Ich habe auch blaue Augen, sagte Erich.

Das ist normal, oder sind Sie ein Hund?

Margot stemmte die Fäuste in die Taille. Wollen Sie Erich Honecker beleidigen, einen Kämpfer für die Befreiung der Menschheit vom imperialistischen Joch, von den Nazis verfolgt und eingekerkert!

Es war klar, sie verstanden beide nichts von Hunden. Ich sagte, ich hätte niemanden beleidigen wollen, würde aber gern wissen, warum ich eigentlich stehen bleiben sollte.

Haben Sie eine Wohnung für uns? Oder ein Zimmer?

Das sollte wohl eine Bitte sein, klang aber eher wie die Frage bei einem Verhör.

Jetzt mäßigen Sie mal Ihren Ton, sagte ich, und überhaupt hören Sie mir mal zu. Es ist alles längst passiert, schon vor zwanzig Jahren. Niemand wird Sie haben wollen, nirgends. Ich will Sie auch nicht. Aber machen Sie sich keine Sorgen, ein Pfarrer wird Sie aufnehmen, wegen der christlichen Nächstenliebe. Sie, sagte ich zu Margot, dürfen später nach Chile zu Ihrer Tochter reisen. Ihr Mann muss vorher ins Gefängnis, kommt aber nach. Allerdings, na Sie wissen ja, der Krebs. Aber nichts ist mehr rückgängig zu machen. Von eurem Arbeiter- und Bauernparadies ist nichts übrig geblieben außer dem Bautzener Senf, Kathis Kuchenmehl und ein paar anderen Kleinigkeiten. Niemand will euch wiederhaben, nicht einmal die Kommunisten.

Erich nahm seine Brille ab, verwahrte sie sorgsam in der Brusttasche seines Jacketts und verbarg sein Gesicht in beiden Händen, während Margot schrie: Kommunisten? Verräter sind das, Heuchler, die schon dem großen Reformator mit dem Kainsmal auf der Stirn in den Arsch gekrochen sind. Und das blöde Volk immer hinterher.

Ich sah mich um. Zum Glück waren außer dem küssenden Paar keine Menschen in der Nähe, die sie hätten hören können.

An Ihrer Stelle würde ich hier nicht so rumschreien, sagte ich. Deutschland ist seit zwanzig Jahren vereinigt. Wir haben jetzt die Demokratie, das ist kompliziert genug. Es gibt viele Leute, die immer noch eine Mordswut auf Sie haben. Ich auch, wenn ich lange genug nachdenke.

Nicki, den meine Erregung alarmiert hatte, erlöste Erich und setzte sich neben mich. Komm, sagte ich, wir gehen.

Was soll denn das für eine Demokratie sein, in der ich nicht schreien darf, was ich will?, fragte Margot triumphierend.

Und Erich krächzte: Wir Kommunisten wurden oft verfolgt, aber nie besiegt.

Ich hatte genug von dem Spuk. Und wenn ich den beiden erzählt hätte, wie es in unserer schönen neuen Demokratie gerade aussah, dass wir seit Jahren in einer monströsen Krise hingen, die von den geheimbundähnlich agierenden Regierungen im Verein mit undurchschaubaren Banken ausgenutzt wurde, um neue Kommissionen, Räte und andere Gremien zu schaffen, deren Namen über ihre Funktion nichts verrieten und die den Verdacht aufkommen ließen, sie seien den Arsenalen des Regimes entliehen, dem wir gerade entkommen waren, dass die Wahlen, nach denen wir uns so gesehnt hatten, auch jetzt keine Wahlen mehr waren, weil alle Parteien einander so ähnelten, dass, was immer man auch wählte, das Gleiche herauskam, wenn ich den beiden das erzählt hätte, wären sie in lautes Freudengeheul ausgebrochen, hätten mit ihren Greisenfingern auf mich gezeigt und gejubelt, das hätten wir nun davon, davor hätten sie uns vierzig Jahre bewahrt und gewarnt, aber wir seien den Rattenfängern nachgelaufen, hätten den einzigen Hort der Menschlichkeit zerstört und unser Unglück gewählt.

Nein, kein Wort würde ich mit diesen lächerlichen Irren noch reden, ihnen keine Minute dieses sonderbaren Tages, der doch Olga gehörte, mehr opfern. Seit sie mir über den Weg gelaufen waren, breitete sich von Minute zu Minute etwas Dumpfes in mir aus, als schrumpfte mein Hirn und verklumpte mein Blut. Eine alte, fast vergessene Wut begann sich in mir zu regen, und ich dachte an den Tag, an dem wir mit einem Taxi zum Bahnhof Friedrichstraße und dann mit der S-Bahn zum Bahnhof Zoo gefahren waren, wo Hendriks Lektor uns erwartete und in eine für zwei Monate angemietete Wohnung brachte. Fanny weinte die ganze Fahrt über, weil sie ihre Freundin Franziska nun nie wieder sehen würde und mein Versprechen, dass ihre Großeltern sie aber oft besuchen dürften, sie nicht tröstete. Die Wohnung war dunkel und vollgestellt mit erdfarbenen Möbeln, die aussahen, als hätte man sie vom Sperrmüll geholt. Es war eine trostlose Ankunft. Der Lektor hatte eine Flasche Champagner und für Fanny eine Cola im Kühlschrank bereitgestellt. Ich hätte glücklich sein sollen, wenigstens dankbar. Wir waren entkommen, Millionen Menschen beneideten uns, die nicht so unbrauchbare Staatsbürger waren wie der Schriftsteller Hendrik Kaufmann, der mit seinen feindlich negativen Ansichten nur Unruhe stiftete und die Leute aufwiegelte. Wir hatten nicht durch einen Tunnel kriechen, nicht einen mit Selbstschussanlagen gesicherten Zaun überwinden müssen, wir hatten nicht Jahre im Gefängnis gesessen in der Hoffnung, der Westen würde uns eines Tages vielleicht freikaufen. Wir hatten einfach gehen dürfen, unsere Bücher und Möbel packen, mit einem Taxi zur Friedrichstraße fahren, die Ausreisepapiere vorlegen für den Staatsfeind Kaufmann, dessen Ehefrau Ruth und Stieftochter Fanny und einfach die Grenze passieren. Trotzdem nagte an mir diese Wut. Sie hatten uns vertrieben, aus unserem eigenen Leben, aus unserer Kindheit, unserer Jugend, aus allem, was wir bis dahin geliebt hatten. Ich hielt die weinende Fanny im Arm und hätte selbst am liebsten geheult. Hendrik und der Lektor sprachen über Pressetermine, ein Fernsehinterview sei schon für den nächsten Tag geplant und eine längere Lesereise im kommenden Monat. Später lud uns der Lektor zum Essen bei einem Italiener ein. Hendriks Zukunft sehe er sehr optimistisch, sagte er. Wir tranken Soave, wahrscheinlich hat mir nur wegen dieses Abends der Soave später nie geschmeckt. Hendrik versprach Fanny ein neues Fahrrad und ein großes eigenes Zimmer in einer riesengroßen Wohnung. Er hielt sein Versprechen, Fanny fand schnell eine neue Freundin, die sogar auch Franziska hieß, und ich nach einigen Monaten eine Arbeit beim museumspädagogischen Dienst. Wir trafen alte Freunde wieder, die vor uns den Schritt über die Grenze gewagt hatten. Hendrik legte Mappen an, in denen er Rezensionen, Interviews und sogar die Besprechungen kleiner Provinzzeitungen über seine Lesungen sammelte. Wenn ich darüber lachte, sah er mich verständnislos an. Mir gefiel unser neues Leben, aber die Wut verging erst, als das geschah, was für mich bis heute außer Fannys Geburt das einzige Wunder war, das ich erlebt hatte. Wir taumelten trunken vor Glück durch die Nacht, umarmten wildfremde Menschen, liefen zu der Mauer, die bis vor ein paar Stunden die eine Welt von der anderen getrennt hatte und plötzlich nichts war als sinnloses Mauerwerk, Symbol einer Vergangenheit, die eben noch als ewige Gegenwart erschienen war. Damals begann meine Wut allmählich zu versickern, zuerst in einem mitleidlosen Triumphgefühl, das vor dem eigentlich liebenswerten Verstummen meiner Mutter nicht haltmachte. Und als der Genosse Keller zuerst in Depressionen versank und kurz darauf einem

Herzinfarkt erlag, empfand ich das als gerechte Strafe für sein anmaßendes Sekretärsleben, mit dem er meine Mutter und damit meine Kindheit verdorben hatte. Es dauerte ein paar Jahre, ehe mir mein Triumph zuwider wurde. Erst als den senilen, krebszerfressenen, entmachteten Männern der Prozess gemacht wurde, verging mir die Lust auf das Siegen; und auch die Wut.

Aber offenbar genügte es, dass diese beiden grotesken Gespenster auftauchten, um in meinem Körper die Symptome längst überwundener Seelenzustände zu aktivieren.

Erich, der immer noch auf der Wiese hockte, reckte seinen Arm, ballte die magere Faust und rief mit zittriger Greisenstimme: Der Solismus wird siegen. Rot Front!

Er hatte das Wort Sozialismus wegen seines saarländischen Dialekts noch nie richtig aussprechen können. Ich überlegte, ob ich ihm das zum Abschied sagen sollte, aber Nicki sah mich aus seinen blauen Augen so eindringlich an, dass ich glaubte, ihn sprechen zu hören. Komm jetzt endlich, hörte ich ihn in einer wohlklingenden Tonlage sagen, lass die Idioten.

Wir waren gerade ein paar Schritte gegangen, als Bruno, sein Phantombier in der Hand, plötzlich vor mir stand. Er verschränkte die Arme vor der Brust, überkreuzte mit dem rechten Fuß graziös den linken, wobei er den Boden nur mit der Fußspitze berührte, und stand da wie ein zerlumpter Possenspieler, der eben einer Jahrmarktsbühne entsprungen war.

Hallo, Gnädigste, wo haben Sie denn diesen Satansbraten aufgestöbert?, fragte er mit Blick auf Erich, dem Margot gerade auf die Beine half. Haben Sie die beiden so zugerichtet?

Ich sagte, ich hätte sie weder aufgestöbert noch zugerichtet. Sie seien mir leider vor die Füße gelaufen, ich sei aber nicht willens, ihnen noch eine weitere Minute meines Lebens zu opfern.

Tja, sagte Bruno, die Minuten des Lebens sind gezählt, die des Todes nicht. Ich habe Zeit. Ist er einsichtig?

Nein, sagte ich, er nicht und sie auch nicht. Sie verstehen gar nichts. Sie wissen nicht einmal, dass er bald ins Gefängnis kommt. Irgendwie sind sie 1990 in der Zeit stecken geblieben.

Da habe ich ja noch gelebt, rief Bruno, obwohl ich mich daran kaum erinnern kann. Es wurde ja behauptet, ich sei alkoholbedingt dement gewesen. Ich bin zweifach betrogen. Zuerst haben diese Halunken mir als einzigen Ausweg aus ihrer geistlosen Tyrannei nur den Bierrausch gelassen, in dessen Folge ich mich dann nicht einmal an ihrer Schmach delektieren konnte.

Bruno steckte die Bierflasche in seine Jackentasche und rieb sich kampfbereit die Hände. So, unverehrte Herrschaften, Sie werden verstehen, dass mir unter diesen Umständen unsere Begegnung ein besonderes Pläsier ist.

Nicki setzte sich wieder hin. Bruno, der mit langen Schritten um Margot und Erich herumstolzierte und sie dabei unter fortwährendem Kopfschütteln begutachtete, hatte offenbar sein Interesse geweckt.

Bis auf die blauen Haare sehen Sie zwar ein bisschen ramponiert, aber sonst ganz normal aus, sagte Bruno. Was hatten Sie eigentlich bei Ihren coiffeuristischen Vorlieben gegen die bunten Frisuren der Punker? Ich frage das nur, weil mein Neffe wegen seiner rosafarbenen Haare sogar einmal verhaftet wurde.

Können Sie mir sagen, was dieses Affentheater soll?, herrschte Margot ihn an.

Bruno legte den Zeigefinger über die Lippen. Psst, Sie haben vierzig Jahre lang geredet, jetzt müssen Sie ganz still sein und nur antworten, wenn ich Sie frage. Also was hatten Sie gegen die rosafarbenen Haare meines Neffen?

Margot schwieg und zupfte Erich, der gerade zu einer Antwort ansetzte, am Ärmel.

Aha, sagte Bruno, ist auch zweitrangig. Die Haare waren sowieso nicht rosa, sondern grün. Aber, Unwerteste und Unwertester, das müssen Sie mir verraten: Wie sind Sie auf die Idee gekommen, einem Staat vorstehen zu müssen und das darin ansässige Volk, als es Ihnen davonlaufen wollte, einfach zu kapern? Ist Ihnen die Mutter Gottes erschienen oder gar der liebe Herr Jesus persönlich und hat Ihnen offenbart: Ihr seid berufen, einem Staat vorzustehen?

Ha, Jesus und Maria, rief Margot, die Rauschgiftdealer für das Volk. Wir haben für das Volk und die Gerechtigkeit gekämpft, als du noch nicht geboren warst.

Sie zupfte Erich wieder am Ärmel. Sag es nicht, Erich.

Aber Erich, übermannt von einer Erinnerung, ließ sich diesmal nicht zurückhalten. Es war nicht Jesus, auch nicht Maria, es war Stalin. Eines Nachts, ich saß schon das sechste Jahr im Gefängnis der Nazischergen, es war so kalt, und ich konnte nicht schlafen, da erschien mir im kalten Mondlicht an der Zellenwand sein Gesicht, zuerst verschwommen, dann immer klarer, die gütigen Augen, der stattliche Bart, und er sprach zu mir: Erich, du wirst überleben. Ich werde Hitler schlagen, und du wirst frei sein. Dann aber geh nach Berlin und kämpfe für die Befreiung der Menschheit. Du wirst auf einen starken Mann treffen. Halte dich an ihn und überlebe ihn. Du wirst der Höchste deines Volkes sein. Habe Geduld, dann aber tue dein Werk.

Mit entrücktem Lächeln lauschte Erich Stalins Worten nach, ehe er die Hand, die er ausgestreckt hielt, als wolle er sich selbst noch einmal Stalins Segen erteilen, feierlich sinken ließ.

Bruno schüttelte sich vor Lachen, zog sein Phantombier wieder aus der Tasche, trank ausgiebig und lachte, bis er sich verschluckte und ihm die Tränen über das Gesicht liefen. Mein Gott, ein Knastkoller, nichts als ein Knastkoller.

Bruno beruhigte sich nur langsam. Margot hatte sich abgewendet, vermied es auch, den vor Erregung immer noch zitternden Erich anzusehen, dessen Bekenntnis ihre Loyalität als Ehefrau und Genossin sichtbar überforderte. Nickis Hundesensorien aber schienen in Erichs Ausnahmezustand eine Gefahr zu wittern. Mit vibrierenden Muskeln, die blauen Augen dabei unverwandt auf Erich gerichtet, stand er sprungbereit neben mir.

Der guckt schon wieder so, klagte Erich.

Wenn man ihm lange in die Augen sieht, kann man hören, was er meint, sagte ich.

Erich versuchte es, drehte aber nach drei Sekunden den Kopf erschrocken zur Seite, als würden Nickis schöne blaue Augen ihn blenden.

Ich höre nichts, sagte er, und ich murmelte: Ist vielleicht auch besser so.

Eine große dunkle Wolke hatte sich vor die Sonne geschoben und nur ihren unteren Rand freigelassen, von dem nun gerade auf den Flecken Wiese, wo Bruno sein Spiel mit Margot und Erich trieb, das Licht wie auf eine Bühne fiel.

Bruno hatte sich inzwischen wieder gefasst. Er bedaure, dass ausgerechnet eine Episode aus der rühmlichsten Dekade in Erichs Leben, der er seine Achtung nicht versagen wolle, diesen Ausbruch von Heiterkeit in ihm verursacht habe, sagte er.

Allerdings habe Erich diesen zehn unschuldigen Jahren dann fünfzig schuldhafte angefügt, die zudem Brunos ganzes Leben verschlungen hätten, so dass in der Summe fünfmal so viel Verachtung wie Achtung herauskomme.

Brunos kleine Rede musste einen Reflex in Erich ausgelöst haben. Er streckte sich, stieß das Kinn nach vorn, so dass die schlaffe Haut um seinen Hals zitterte. Plötzlich stand er straff und kerzengerade wie früher auf den Tribünen, wenn er zu seinem Volk gesprochen und dabei das Wort Sozialismus verstümmelt hatte.

Ihr Leben verschlungen?, sagte Erich. Wie es aussieht, haben Sie Ihr Leben im Bier ersäuft. Wahrscheinlich haben Sie sogar studiert, so gespreizt wie Sie reden. Ich konnte nicht studieren, Margot auch nicht. Daran waren Leute wie Sie schuld, aufgeblasene Bourgeois, Kapitalisten, Generäle, Kriegstreiber. Wir haben für Gerechtigkeit gesorgt, wir Kommunisten. Sie durften trotzdem studieren, auf unsere Kosten, und reden von Schuld. Sie Knecht der Konterrevolution.

Es hat keinen Sinn, sagte ich zu Bruno, sie glauben daran.

Schade, sagte Bruno traurig, selbst das geringste Schuldeingeständnis hätte mir vermutlich eine gewisse Genugtuung bereitet, wenn auch nur ein Genugtuungsphantom.

Sie können gehen, sagte ich zu Erich, der argwöhnisch den Hund beobachtete. Ich halte ihn fest.

Margot nahm Erich an die Hand und rief: Wir haben ein Samenkorn in die Erde gelegt. Der Sozialismus wird kommen.

Als sie ein paar Meter entfernt waren, fingen sie an zu singen, zuerst Margot, dann mit brüchiger Stimme auch Erich:

Völker, hört die Signale ...

Bruno streichelte Nicki den Kopf: Und was weißt du von Schuld? Nichts. Ein glückliches bewusstloses Geschöpf bist du.

Nicki wedelte mit dem Schwanz, gähnte verlegen und sah mich an. Er wollte endlich weitergehen.

Ich fragte mich, warum ein Schuldeingeständnis der beiden Bruno etwas bedeutet hätte, mir aber vollkommen gleichgültig war. Eigentlich hätte es alles nur schlimmer gemacht. Wären sie jetzt imstande, ihre Schuld zu erkennen, dann hätten sie das auch vor dreißig oder zwanzig Jahren oder sogar noch früher gekonnt. Das hätte wahrscheinlich am Lauf der Welt, den sie ohnehin nicht entschieden haben, nichts geändert, aber dann hätten sie nicht einmal an ihr Recht geglaubt, das ganze Unglück anzurichten.

Wozu brauchst du ihre Schuld eigentlich?, fragte ich.

Bruno lachte. Aber Gnädigste, soll ich sie selbst mit mir herumschleppen? Die Sache mit der Schuld ist wie ein Hütchenspiel. Es gewinnt immer, der sie verteilt. Ich habe nicht einmal an der Literatur schuldig werden wollen und darum keine Zeile geschrieben, und schwupp, lag die Schuld unter Hendriks Hütchen. Diesen beiden Schurken und ihren Folterknechten habe ich nicht dienen wollen und darum meine geistigen Aktivitäten weitgehend privatisiert. Und so landet die Schuld, die ich anderenfalls hätte auf mich laden können, deren Vermeidung mich aber zu einem unglücklichen Säufer gemacht hat, unter ihrem Hütchen, sofern darunter noch Platz ist. Was ist, Gnädigste, sehe ich einen Anflug von Zweifel in Ihren schönen Augen?

Ich dachte an Olgas Satz: Schuld bleibt immer, so oder so.

Bedeutet Nichtstun schon Unschuld?, fragte ich. Das hieße ja, wenn alle Menschen aufhörten, etwas zu tun, gäbe es keine Schuld mehr in der Welt. Aber auch sonst nichts, kein Brot, keine Häuser, keine Kinder, keine Bücher.

Bruno schüttelte gelangweilt den Kopf. Ach, Gnädigste, nicht diese vulgärdialektischen Volten. Und keine Sorge, auf nichts verzichten die Menschen leichtherziger als auf ihre Unschuld, jedenfalls leichter als auf Brot, Fleisch, Häuser, sogar Bücher. Nichts davon würden sie ihrer Unschuld opfern. Kinder fallen in eine andere Kategorie. Ihr Hund zum Beispiel, diese schuldunfähige Kreatur, will vom Leben nur zwei Dinge: Fressen und Hündinnen besteigen, obwohl er nicht einmal ahnt, dass dieser Akt mehr bewirkt als die eigene Triebbefriedigung. Der Mensch hingegen lädt schon mit der Zeugung eines Kindes Schuld auf sich. Er weiß, was er diesem neuen Menschen schuldig bleiben muss, er kennt die eigene Unvollkommenheit, die lauernden Gefahren, das programmierte Unglück. Es wird behauptet, wer keine Kinder in die Welt setzt, sei ein Egoist oder Hedonist, in jedem Fall ein Zerstörer des Rentensystems, dabei liegt in der Verweigerung von Nachkommenschaft die edelste Nächstenliebe im wahren Sinn des Wortes: die Liebe zu dem Nächsten, der uns nachfolgen sollte, aber verschont bleibt. Ich habe meine Kinder zu sehr geliebt, als dass ich es übers Herz gebracht hätte, sie zu zeugen.

Bruno ließ sich zufrieden ins Gras fallen, hielt sein Gesicht in die Sonne und sagte: Schade, dass ich sie nicht mehr spüren kann.

Ich überlegte, was ich Brunos nihilistischem Programm entgegenhalten könnte. Aber außer peinlich klingenden Bekenntnissen zum Leben im Allgemeinen, zu Liebe, Freundschaft und zu dem Glück, das Kinder bereiteten, im Besonderen, fiel mir nichts ein. Seine gepriesene Form der Nächstenliebe sei durchaus populär, sagte ich. Es gebe inzwischen Millionen von Kindern, denen die selbstlose Liebe ihrer Eltern das Leben erspart hätte.

Bruno hielt das für eine beruhigende Nachricht. Wer keine Kinder habe, könne sie auch nicht in den Krieg schicken und müsse sie im Angriffsfall auch nicht verteidigen, sagte er, die steigende Anzahl kinderloser Menschen sei demzufolge ein Beitrag zur Sicherung des Weltfriedens.

Ich hatte kurz zuvor den Aufsatz eines Bevölkerungspolitikers gelesen, der statistisch nachwies, dass die Anzahl der Söhne, über die ein Land verfügte, über Krieg und Frieden entschied und dass in Europa erst Frieden herrschte, nachdem die menschlichen, vor allem männlichen Ressourcen erschöpft waren und wegen der Geburtenrückgänge auch nicht mehr ersetzt wurden. Wenn das stimmte, hatte Bruno sogar recht. Außerdem hatte ich selbst schon darüber nachgedacht, wer denn die Abwesenheit von Menschen auf der Erde bedauern sollte, wenn es keine Menschen mehr gab, dass also das ganze Gerede von der Katastrophe, die ein Verschwinden der Menschen von diesem Planeten bedeuten würde, eigentlich Unfug war. Niemand würde uns vermissen, außer den Hunden vielleicht, den einzigen Tieren, die sich mit uns befreundet hatten. Dass ich Brunos Lust an Untergangsszenarien trotzdem nicht teilen wollte, lag wahrscheinlich nur daran, dass er tot war und ich lebte. Als ich nach längerem Nachdenken gerade tief einatmete, um doch noch zu einer Verteidigungsrede für das Leben und die Menschen, für mich, Fanny, Olga und ein paar andere anzusetzen, unterbrach mich Bruno, bevor ich nur ein Wort gesagt hatte.

Ehe Sie sich echauffieren, Gnädigste: alles nur Phantomgedanken, das ist meine Version für die ungeraden Wochen, für gerade habe ich eine andere, und für den Sommer eine andere als für den Winter. Man kann die Dinge so oder anders sehen. Zum Beispiel hat mir unsere Begegnung ein paradoxes Gefühl von Lebensfreude beschert. Sogar Margot und Erich zu treffen hat heute Spaß gemacht.

Er prostete mir mit der Bierflasche zu, deutete eine galante Verbeugung an und löst sich auf in nichts.

Nicki untersuchte den Platz, auf dem Bruno eben noch gestanden hatte, schob seine Nase schnüffelnd durch das Gras, verlor aber schnell das Interesse und schlug entschlossen die Richtung ein, aus der vorhin die merkwürdigen Geräusche gedrungen waren. Er lief voran, sah sich aber immer wieder nach mir um, um sich zu vergewissern, dass ich ihm auch folgte. Ich lief ihm einfach hinterher, froh, dass wieder Ruhe um mich war. Warum hatte Bruno mich eigentlich nicht nach Hendrik gefragt, der ja gewiss der eigentliche Grund für sein Interesse an mir war und das Einzige, was Bruno und mich je verbunden hatte.

Sogar dass er uns beide verlassen hatte, einte uns, das vielleicht vor allem.

Früher, als Bruno in unserem Leben noch eine Rolle gespielt hatte und Hendrik und er ohne mich zu ihren Kneipentouren aufgebrochen waren, hatte ich in ihm eher einen Rivalen als einen Freund gesehen. Die beiden verband nicht nur eine Vergangenheit, zu der ich nicht gehörte, sondern eben auch jene Symbiose, die sich mir erst offenbarte, als ich das blaue Heft mit der Aufschrift »Bruno IV« fand. Bruno besetzte einen Platz in Hendriks Leben, zu dem mir der Zutritt nicht nur verwehrt war, sondern den ich auch gar nicht erobern konnte, weil ich nicht über Brunos Talente verfügte, den ich anderenfalls aber, also ausgestattet mit Brunos Genie, wahrscheinlich gar nicht hätte erobern wollen, sondern meine Talente lieber für mich selbst genutzt hätte. Vielleicht war die geheimnisvolle Freundschaft der beiden sogar eine Voraussetzung unseres, Hendriks und meines, gemeinsamen Lebens gewesen und nicht, wie ich damals glaubte, eine kränkende Männerbündelei. Jedenfalls begann Hendrik, als Bruno seinen Ideen keine Flügel mehr wachsen lassen konnte, nach neuen Inspirationsquellen zu suchen. Er reiste viel, bekam Preise, galt als achtbarer Schriftsteller und wichtiger Chronist unserer Zeit, wenn seine Bücher auch nicht mehr zu den medialen Sensationen einer Saison gehörten.

Irgendwann fiel mir auf, dass sich etwas verändert hatte, schleichend, so dass ich nicht sagen konnte, wann es begonnen hatte. Vielleicht hatte ich die Zeichen nur nicht beachtet oder versucht, sie mit Alltäglichem zu erklären, bis sie nicht mehr wegzuwischen waren mit Hendriks oder meiner Überlastung und kleinen Misserfolgen. Wenn Hendrik auf Reisen war, rief er mich nur noch selten oder auch gar nicht mehr an, die Tür zu seinem Arbeitszimmer war plötzlich oft verschlossen, oder er verschloss sie auffällig leise, nachdem das Telefon geklingelt hatte, nichtige Streitigkeiten verdunkelten die Stimmung manchmal tagelang. Ich hatte mir angewöhnt, lange vor Hendrik aufzustehen und allein zu frühstücken, weil ich mir von seiner morgendlichen Unzufriedenheit, früher eine Ausnahme, dem schweigsamen Zeitunglesen, seinen müden, teilnahmslosen Blicken den Tag nicht verderben lassen wollte. Trotzdem hielten wir die äußere Ordnung unseres Lebens aufrecht. Wir gingen ins Theater, ins Kino, besuchten ab und zu Freunde oder luden sie ein, wir fuhren gemeinsam in den Urlaub. Bis mir eines Tages eine Freundin erzählte, sie habe Hendrik in Frankfurt mit einer Frau in liebevoller und keineswegs nur freundschaftlicher Umarmung gesehen. Die Frau sei hübsch und deutlich jünger gewesen, das Übliche eben, sagte die Freundin. Es war eine Nachricht, auf die ich schon lange vorbereitet war und mit der ich nun, nachdem sie eingetroffen war, nichts anzufangen wusste. Ich tat genau das, was ich an anderen Frauen in ähnlicher Lage immer verachtet hatte. Ich fragte nichts, weil ich fürchtete, die Wahrheit, einmal ausgesprochen, würde nach einem Bekenntnis verlangen und das Bekenntnis nach einer Entscheidung, die sich aber, wenn ich die letzten Monate, sogar schon Jahre bedachte, vermutlich gegen mich richten müsste. Wenn ich selbst unser Leben als liebesentleert und oft genug kränkend empfand, warum sollte Hendrik dann nicht im Rausch der Verliebtheit dem verheißungsvollen Sog einer neuen Leidenschaft, dem Traum von seiner jugendlichen Wiederauferstehung erliegen. Obwohl ich es besser wusste, redete ich mir ein, ohne Hendriks Eingeständnis sei noch nichts geschehen. Ich schwieg und wurde furchtbar. Ich durchsuchte seine Taschen, fahndete im Telefon nach der letzten von ihm gewählten Nummer, einmal rief ich sogar in seinem Verlag an und behauptete, mein Mann habe seine Reiseunterlagen verlegt und mich beauftragt, um eine Kopie zu bitten. Ich war mir widerwärtig, aber ich schämte mich nicht. Wer belogen und betrogen wurde, sagte ich mir, hatte das Recht, nach der Wahrheit zu suchen. Aber ich war zu feige, danach zu fragen. Das Schlimmste an unserer Trennung war das durch und durch Gewöhnliche. Hendriks Lügen, mein entwürdigendes Spionieren. Am Ende haben wir einander gehasst für das, was aus uns geworden war.

Ich wollte nicht an Hendrik denken.

Nicki führte mich über einen schmalen Weg in den hinteren Teil des Parks, ein weniger übersichtliches Areal, über dem immer noch das Gemisch aus nicht zu deutenden Geräuschen hing, jetzt etwas leiser, als hätte es sich inzwischen entfernt. Nicki wandte sich zielstrebig nach rechts und erhöhte das Tempo. Wenn der Abstand zwischen uns zu groß wurde, kam er zurück, rannte wieder voraus, kam wieder zurück. Die Zunge hing ihm aus der Schnauze, und er sah aus, als würde er lachen. Er hatte offenbar ein Ziel, und ich folgte ihm willenlos. Hinter einem hohen Gesträuch bog er scharf nach links ab, und ehe ich sah, wohin es ihn gezogen hatte, roch ich es: ein rauchiger Dunst von Grillwurst vernebelte die Luft. Auf einer kreisrunden Lichtung stand eine kleine Holzhütte, davor ein paar Tische und Stühle, eingehegt von einem eher symbolischen Zäunchen. Nicki saß vor der Hütte, direkt unter der Verkaufsluke, die Schnauze hochgereckt, und blickte abwechselnd zu mir und nach oben, woher ihm der Duft in die Nase stieg. Der Mann in der Hütte lachte, als er den Hund sah, und sagte: Na, du schon wieder?

Wieso, kommt der öfter?, fragte ich.

Der Mann muss wohl die drohende Enttäuschung in meinem Gesicht gesehen haben und wollte dem Hund nicht das Geschäft verderben.

Nee, nee, war nur so eine Redensart, sagte er.

Nickis blaue Augen, aus denen in diesem Moment alles Geheimnisvolle verschwunden war, signalisierten mir nur das Wort Wurst.

Er ist eben ein Hund, dachte ich, was aber nichts daran änderte, dass er sich an diesem Tag mir zugesellt hatte, ohne zu wissen, ob er mich zu dieser Würstchenbude lotsen könnte und ich ihm dann auch wirklich eine Wurst kaufen würde. Den Verdacht, Nicki könnte ein besonders raffinierter Abschlepper sein, der in mir nur ein williges Opfer gewittert hatte, ließ ich nicht zu, jedenfalls nicht an diesem Tag. Für mich enthielt unsere Begegnung eine Botschaft, die sich allerdings, sobald ich versuchte, sie in Worte zu fassen, atomisierte. Ich erinnerte mich an eine Passage aus Tibor Dérys Memoiren: Er habe in der Freundschaft zu seinem Hund Versöhnung gesucht, stellvertretend für alle Tiere, die von den Menschen mit rücksichtsloser Gewalt und Überheblichkeit, bei völliger Missachtung der Autonomie des Lebens, behandelt würden.

Auch wenn meine Bekanntschaft mit Nicki erst ein paar Stunden dauerte und vielleicht auch nur zu diesem besonderen Tag gehörte, glaubte ich an eine Fügung, die mir die Gegenwart des Hundes beschert hatte, nicht an eine göttliche, auch das Wort schicksalhaft war zu groß, aber ich musste zugeben, dass etwas Religiöses, wenigstens etwas dem Religiösen Ähnliches meinem Gefühl anhaftete. Im Zug hatte ich vor einigen Jahren eine Frau kennengelernt, die zu einem Verein gehörte, der griechische Straßenhunde nach Deutschland brachte, um sie da an hundeliebende Menschen zu vermitteln. Die Frau arbeitete nachts in einer Werkskantine, am Tag kümmerte sie sich um Hunde, fremde und zwei eigene, für die sie gerade einen Mann vor die Tür gesetzt hatte, der sich mit den beiden nicht verstand. Sie sprach während der ganzen Fahrt nur über Hunde. Im Leben der Hunde lag für sie eine Offenbarung und in ihrer Rettung ihre Mission, die sie ganz offensichtlich glücklich machte. Das war die glaubhafteste Religiosität, der ich begegnet war. Die Frau glaubte nicht an Gott, aber an Hunde; oder so: die Hunde waren ihr Gott, dem sie, wie Tibor Déry sagen würde, mit Achtung vor der Autonomie des Lebens diente.

Ich kaufte zwei Würste, eine mit Senf für mich, die andere ohne Senf für Nicki, dazu eine Limonade, für Nicki erbat ich eine Schale Wasser. Während der Mann die Würste in Stücke schnitt und auf den Papptellern drapierte, überlegte ich, ob es nicht ratsam sei, für Nicki eine Vorratswurst zu kaufen, die, solange ich sie in der Tasche hatte, meine Attraktivität für ihn sicher gewährleisten würde. Der vertraute Umgang des Wurstverkäufers mit dem Hund hatte mich doch leicht verunsichert, und wenn ich an Nickis Durchtriebenheit auch nicht glauben wollte, so war gegen diese kleine, einer Enttäuschung vorbeugende Maßnahme doch nichts einzuwenden. Ich bestellte eine dritte Wurst zum Mitnehmen. Wir setzten uns an den Tisch, der von der Wurstbude am weitesten entfernt war. Nickis Schwanz schlug in höchster Erregung aus und fegte den Sand nach links und rechts.

Das ist noch zu heiß für dich, sagte ich, was für Nicki ein Grund war, seine kraftvergeudende Freudenbekundung noch einmal zu steigern. Jeden Bissen, den ich mir in den Mund schob, verfolgte er mit beschwörenden Blicken, so dass er mir fast im Hals stecken blieb. Ich stellte seinen Pappteller auf die Erde und überließ es ihm, über die Bekömmlichkeit seiner Mahlzeit zu entscheiden.

Als ein Telefon läutete, dauerte es eine Weile, ehe ich begriff, dass die Töne aus meiner Handtasche kamen. Fanny, dachte ich und erschrak. Ich hatte fast vergessen, dass ich, wenigstens in den Augen der anderen, Olgas Beerdigung versäumt hatte, was meine Tochter sicher zu missbilligenden, wenn nicht empörten Kommentaren hinreißen würde. Seit einiger Zeit reagierte Fanny schnell ungehalten, wenn ich etwas tat oder sagte, das ihren Erwartungen nicht entsprach, und ich fragte mich manchmal, ob Fannys Gereiztheit mir gegenüber ein Echo war auf Kränkungen, die ich ihr in der Kindheit unbedacht oder unvermeidbar zugefügt hatte und die erst jetzt in ihr zu rumoren begannen. Oder ob es etwa schon mein Alter war, das sie zu diesem vormundschaftlichen Ton ermutigte. Ich zögerte, das Gespräch anzunehmen.

Nun geh schon ran, sie macht sich Sorgen, sagte eine Stimme in meinem Rücken, in der ich, ohne mich umzusehen, Olga erkannte.

Aber bleib hier, sagte ich, verschwinde nicht gleich wieder, setz dich doch.

Olga setzte sich und ich drückte endlich auf die Empfangstaste.

Was ist los, wo warst du?, fragte Fanny streng.

Ich habe mich verfahren, mit meinen Augen stimmt etwas nicht.

Aha. Und jetzt?

Jetzt ist es zu spät.

Das habe ich geahnt.

Was?

Dass du nicht kommst.

Ich wollte kommen, ich hatte Blumen gekauft.
Du wolltest Papa nicht treffen, ist doch klar.
Wie war es denn?
Erzähle ich später, wir essen gerade.
Sie verabschiedete sich knapp und legte auf.

Sie glaubt mir nicht, sagte ich und sah Olga an in der Hoffnung, sie würde mich entlasten, indem sie versicherte, dass wenigstens sie mir glaube, oder für den Fall, sie glaubte mir nicht, doch verstehen könne, warum ich Bernhard, Andy und Rosi nicht begegnen wollte, aber Olga hörte mir gar nicht zu, sondern versank gerade in Nickis blauen Augen und verjüngte sich dabei sekündlich.

Olga, rief ich, jetzt siehst du aus wie vor dreißig Jahren, als ich dich zum ersten Mal gesehen habe, da warst du so alt wie ich jetzt.

Wirklich? Ach, ich hätte so gern einen Hund gehabt, aber Hermann hat es nicht erlaubt. Er hatte wohl Angst, ich könnte mich um den Hund am Ende mehr sorgen als um ihn. Unsere Wurstverkäuferin hat mir einmal erzählt, alle hundebesitzenden Ehepaare würden sich streiten, wenn es um Leberwurst gehe, weil die Frauen immer die zarte, hundeverträgliche Wurst kauften und nie die von Männern bevorzugte Pfälzer oder Zwiebelleberwurst, was die Männer natürlich kränke und an der Liebe ihrer Frauen zweifeln lasse. Wahrscheinlich ist es für die Männer schon schwer genug, dass man die Kinder so liebt, sagte Olga.

Aber die Männer lieben die Kinder doch auch, sagte ich.

Ja, vielleicht, sagte Olga, anders, später.

Nicki setzte sich neben Olga und legte seine Schnauze auf ihren Oberschenkel, als wolle er sie entschädigen für ihren lebenslangen Verzicht. Olga war gerührt und strich ihm andächtig über den Kopf.

Ich dachte immer noch an Fanny. Ihr Anruf war in diesen sonderbaren Tag gedrungen wie das Weckerrasseln in einen Traum.

Sie hat nicht einmal gefragt, was mit meinen Augen ist, sagte ich.

Olga schwieg. Am Wurststand lärmte eine Gruppe jugendlicher Fußballspieler, von der sich Nicki aber nichts erhoffte. Ich zündete mir eine Zigarette an, sah zu, wie Olga den Hund streichelte, und versuchte, mir ihr Schweigen zu übersetzen. Fanny hat doch recht, hieß das wohl, du wolltest Bernhard nicht treffen und warst froh, als es endlich zu spät war. Aber er ist ihr Vater.

Natürlich war er ihr Vater, was ihn nicht gehindert hat, sie als Spitzel zu missbrauchen. Ich wusste nicht, ob Olga die Geschichte kannte. Als ich selbst davon erfuhr, war alles längst vorbei. Die Jahre, in die Margot und Erich sich hier im Park verirrt hatten, lagen schon hinter uns. Bernhard hatte seine Stellung im Museum verloren und trank zu viel, wie es Olga einmal in ihrem Kummer entfuhr. Sonst sprachen wir nie über Bernhard. Damals wollte ich ihr ersparen, was ich über ihren Sohn aus Hendriks Geheimdienstdossiers erfahren hatte.

Hendrik hatte lange gezögert, ehe er sich entschloss, seine Akten zu lesen. Ihn interessiere dieser ganze Scheiß nicht mehr, sagte er, er könne sich ohnehin denken, was er darin finden würde, er wolle sich damit nicht mehr befassen. Es waren wohl die unglaublichen Enthüllungen in den Akten anderer, die ihn umstimmten. Zwei Tage saßen wir über den acht Aktenordnern mit Kopien der Observations- und Spitzelberichte, rätselten, welche Namen die mit dickem Filzstift gezogenen schwarzen Balken wohl verbargen, und versanken albtraumhaft in der Vergangenheit, die in ihrer widerlichen, allmachtsversessenen Sprache wieder auferstand und an uns kleben blieb wie Pech und Schwefel. Trotzdem lasen wir weiter. Dabei behielt Hendrik recht, das meiste hatten wir uns denken können, einige Vermutungen wurden bestätigt, andere nicht. Wirkliche Überraschungen fanden wir nicht, bis Hendrik plötzlich aufstöhnte.

Ich fasse es nicht, das fasse ich nicht, sagte er leise und reichte mir den aufgeschlagenen Ordner. Der IM Modigliani, las ich, berichtete in dem letzten Treffen von einem Gespräch mit seiner neunjährigen Tochter, aus dem der IM schließe, dass die Mutter mit ihrem Ehemann, dem für seine feindlich-negativen Ansichten berüchtigten Schriftsteller Hendrik K., plane, die Deutsche Demokratische Republik zu verlassen. Die Tochter erhalte zur Zeit privaten Englischunterricht. Das Kind habe in der Schule noch kein Englisch und sei sonst eine sehr gute Schülerin, die keinen Nachhilfeunterricht benötige. Außerdem habe die Tochter erzählt, dass die Mutter und ihr Mann in letzter Zeit oft Besuch aus Westberlin und der BRD bekämen und sie vielleicht bald umziehen würden. Wohin die Familie ziehen wolle, bleibe unklar, aber der IM schließe aus den verschiedenen Details, dass es sich nur um die Ausreise aus der DDR handeln könne. »Ein entsprechender Antrag beim Kulturministerium liegt bisher nicht vor. Der IM gilt als zuverlässig. Er ist sehr besorgt um seine Tochter, deren Zukunft er in der BRD gefährdet sieht.«

Wir fanden andere Seiten, auf denen einige Wochen später der Eingang des besagten Antrags bestätigt und der IM Modigliani beauftragt wurde, den Kontakt zu seiner Tochter zu intensivieren, um möglichst viele Informationen über Absichten und Pläne der Familie K. in Erfahrung zu bringen. Dem IM wurde erklärt, dass auch im Fall der Ausreise der Familie K. man den Kontakt zu seiner Tochter weiterhin gewährleisten werde, entweder durch ungehinderte Ein- und Ausreise des Kindes oder, sollte die Mutter das verhindern wollen, durch legendengestützte Besuche des IM bei der Tochter, da die Behörde ein wesentliches Interesse an Informationen aus dem Umfeld der Familie K. habe. Der IM habe sich bereiterklärt, unter diesen Bedingungen auf ein juristisches Vorgehen gegen die Ausreise des Kindes zu verzichten.

Hendrik wühlte weiter in den Akten. Ich saß wie taub und blind neben ihm im Sessel, rauchte, wollte etwas sagen, fand keine Worte außer »mein

Gott« oder »das eigene Kind«. Mit diesem Mann hatte ich gelebt, er war der Vater meines einzigen Kindes, ein Vater, der fähig war, die eigene Tochter zum unfreiwilligen Spitzel zu machen. Und ich hatte nichts davon bemerkt.

Bis in die Nacht konnten wir nicht aufhören, halb vergessene Ereignisse wieder aufzurufen, sie ins Licht des Bernhardschen Verrats zu rücken und neu zu deuten. Warum war damals die Sache mit der Wohnung, die Hendriks Freund Thomas für uns in Charlottenburg gefunden hatte, in letzter Minute doch noch geplatzt? War der Vermieter nicht ein Gefährte aus Thomas' Maoisten-Zeit? Vielleicht mit guten Kontakten zur DDR? Und warum hatte die linksalternative Zeitung, für die ich unter Pseudonym noch aus Ostberlin einige Artikel über die junge Künstlerszene der DDR geschrieben hatte, plötzlich kein Interesse mehr an mir? Lag es wirklich nur daran, dass ich nun keine authentische Zeugin mehr war und für die eigene, westliche Kunstszene als inkompetent galt? Oder bekam die Zeitung vielleicht Geld aus der DDR? Oder gehörte der Redakteur zu den Stasi-Vertrauten, von denen es, wie man inzwischen wusste, im Westen Tausende gegeben hatte? Und hätten wir nicht gleich misstrauisch werden müssen, als das Kulturministerium Hendrik darauf hinwies, dass seine Stieftochter ihren Vater jederzeit besuchen dürfe? Ich war damals nur erleichtert, weil ich Fanny außer der Trennung von ihren Freunden und Verwandten nicht auch noch den Verlust ihres Vaters zumuten musste. Außerdem kannten wir vergleichbare Fälle, die unser aufkeimendes Misstrauen zerstreuten. Aber wie hatten wir uns eigentlich erklärt, dass Bernhard eines Nachmittags unangemeldet vor unserer Tür stand? Er sei beauftragt, gewisse inoffizielle kooperative Leistungen der Ost- und Westberliner Museen zu befördern, sagte Bernhard und berichtete von einigen bürokratischen Absurditäten, die seine Geschichte offensichtlich mit der dringend notwendigen Glaubwürdigkeit ausstatten sollten.

Natürlich haben wir ihn verdächtigt, sagte Hendrik, nicht nur verdächtigt, wir waren uns sogar sicher.

Aber doch nicht, dass er unseretwegen gekommen ist. Wir dachten, dass er die Museen ausspionieren soll oder sonstwen, aber doch nicht uns.

Ich weiß genau, dass wir uns ziemlich schnell

verabschiedet und irgendeine Verabredung erfunden haben.

Ja, aber dann haben wir ihm noch Geld gegeben, damit er Fanny zum Eisessen einladen kann. Mein Gott, es tut mir so leid.

Was, das Geld?

Dass ich das alles in unser Leben geschleppt habe, sagte ich, aber damals war er nicht so, jedenfalls nicht, als ich ihn kennenlernte.

Wir rufen ihn an, los, gleich, sagte Hendrik.

Es ist mitten in der Nacht.

Na und, hat er sich vielleicht um irgendeinen Anstand gekümmert?

Und Fanny?

Wir riefen Bernhard nicht an, auch später nicht. Fanny steckte gerade im Abitur, und wenn es auch keinen guten Zeitpunkt geben konnte, ihr zu offenbaren, womit sie ihre kindliche Liebe zu ihrem Vater bezahlt hatte, so war dieser aber bestimmt ein schlechter. Erst als Fanny ein Jahr später auch Bernhard zu ihrem zwanzigsten Geburtstag einladen wollte, klärte ich sie über den väterlichen Missbrauch auf. Fanny weinte, war wütend, schämte sich. Für einige Jahre brach sie den Kontakt zu Bernhard ab. Erst nachdem Hendrik uns verlassen hatte, suchte Fanny wieder die Nähe ihres Vaters.

Damals habe ich mich gefragt, ob ich ihr diese nutzlose Wahrheit nicht besser erspart hätte und ob Fannys Entscheidung, ihren Vater für Jahre aus ihrem Leben zu verbannen, nicht nur ein Tribut an uns, vor allem an Hendrik, gewesen war.

Er ist ihr Vater, dachte ich oder sagte Olga, die ohne sich zu rühren auf ihrem Stuhl saß und Nickis Zuneigung genoss.

Kennst du die Geschichte eigentlich?, fragte ich.

Bernhard hat sie mir erzählt, damals, als Fanny ihn nicht sehen wollte, sagte Olga.

Wir haben nie darüber gesprochen, sagte ich.

Olga schwieg eine Weile, sah mich dabei lange an, als wolle sie mein Innerstes erforschen, fuhr sich mit ratloser Geste über das Haar, zögerte, fragte endlich, ob ich schon einmal daran gedacht hätte, dass Bernhard als Fannys Vater unsere Ausreise auch hätte verhindern können; ob ich mich je gefragt hätte, wie es in ihm aussah, als er erfuhr, dass er Fanny verlieren würde und sie vielleicht erst als Rentner wiedersehen dürfte, wenn sie ihn dann noch erkannt hätte. Habt ihr überhaupt an

Bernhard gedacht, als ihr sein Kind einfach mitgenommen habt? Was hätte er tun sollen? Fanny klaglos ziehen lassen? Oder euch zwingen zu bleiben? Aus seiner Sicht hat er eine anständige Wahl getroffen. Euch konnte doch nichts mehr passieren, sagte Olga und wandte den Blick nicht von mir.

Du findest es anständig, das eigene Kind auszuspionieren?

War es anständig, sein Kind zu entführen?

Weder lag in Olgas Frage ein Vorwurf, noch schien sie eine Antwort zu erwarten. Was hätte ich auch sagen können? Ich hatte damals nicht einmal darüber nachgedacht, ob es anständig war, Bernhard von Fanny zu trennen, weil ich nicht dafür zuständig war, dass es in Berlin unter Androhung des Todes verboten war, von einem Teil der Stadt in einen anderen zu gelangen, ich verbot auch keine Bücher und sperrte keine Menschen ins Gefängnis. Ich wollte mit meinem Kind nur nicht mehr da leben, wo das alles geschah. Bernhard und Rosi gehörten zur anderen Seite, zu den Rechtfertigern und Verharmlosern des Verbietens, Einsperrens und Schießens, und somit war Bernhard sein eigenes Opfer geworden, dem ich weder Rücksicht noch Mitleid schuldete. Vielleicht habe ich damals aber überhaupt nicht an Bernhard gedacht, jedenfalls konnte ich mich nicht erinnern, dass er bei unseren Aufbruchplänen eine Rolle gespielt hätte. Warum ich nie damit gerechnet habe, dass er Fannys Ausreise hätte verhindern können, wusste ich nicht mehr.

Die Fußballer waren wieder abgezogen, Nicki löste sich aus Olgas Händen und schlappte sich mit langer Zunge sein Wasser in die Schnauze, wobei er mitten in unser Schweigen ein so herzhaft irdisches Geräusch erzeugte, dass wir beide lachen mussten.

Olga legte ihre Hand auf meine. Manchmal, sagte sie, gibt es das Richtige einfach nicht, und man hat nur die Wahl zwischen dem einen und dem anderen Falschen, und dann weiß der Mensch sich nicht zu helfen.

Ja, sagte ich und dachte, dass Olga mich wohl daran erinnern wollte, wie ich vor dreißig Jahren vor dem kranken Andy geflohen war, weil ich mir anders nicht zu helfen wusste. Es war schändlich zu fliehen, und es wäre falsch gewesen zu bleiben. Ja, sagte ich noch einmal, manchmal ist es so.

Weißt du, sagte Olga, als ich noch Schauspielerin werden wollte, habe ich die Agnes aus dem »Traumspiel« von Strindberg einstudiert. Kennst du das Stück?

Ich kannte es nicht, und Olga wollte mir gerade erzählen, warum Agnes, die Tochter des Gottes Indra, auf die Erde kommt, als eine junge Frau mit ihrem kleinen Sohn sich an den Tisch neben uns setzte. Das Kind zog seine Beine ängstlich auf den Stuhl, ohne Nicki, der ruhig zu Olgas Füßen lag, aus den Augen zu lassen. Die Mutter warf mir in kurzen Abständen missbilligende Blicke zu, die ich der Zigarette in meiner Hand zuordnete und vorsichtshalber mit einem Lächeln beantwortete, was die Frau zusehends erregte, bis sie den Anlass ihres Zorns endlich preisgab: Im Park herrscht Leinenzwang, sagte sie, sechs Silben, in denen ihr bebender Protest kaum Platz fand.

Ich erklärte so sanft, wie es mir möglich war, dass der Hund offenbar verlorengegangen sei, sich mir nur angeschlossen habe und ich darum nicht einmal eine Leine besäße, an die ich ihn legen könne, der Hund aber verständig und ausgesprochen liebenswürdig sei und weder für sie noch für ihr Kind eine Gefahr darstelle.

Jeder Hund könne zur Bestie werden, sagte die

Frau, zumal ich den Hund nicht einmal kennte, und falls ich das Tier nicht sofort sichern oder diesen Platz mit ihm verlassen sollte, würde sie die Polizei rufen.

Sie holte ihr Telefon aus der Tasche, legte ihren zarten Finger auf die Tastatur wie an den Abzug einer Waffe und sah mich an, als zählte sie stumm von drei bis null, um dann erbarmungslos abzudrücken. Soweit ich es bei meiner geheimnisvollen Sehstörung beurteilen konnte, war sie eigentlich hübsch und, wie die Kleidung verriet, gut versorgt, sie trug einen Ehering; also nichts, was auf den ersten Blick ihre Bosheit erklärt hätte. Aber sie meinte es ernst.

Ich sah hilfesuchend zu Olga, aber wo sie eben noch gesessen hatte, stand nur noch der leere Stuhl. Hastig trank ich den Rest meiner Limonade, mit dem ich eine unflätige Bemerkung, die mir im Hals steckte, hinunterspülte, und rief Nicki, der sich unter dem Tisch verkrochen hatte. Der Wurstverkäufer lächelte mir zu und hob ratlos die Schultern. Die Frau zischte mir etwas hinterher: Den Hund nicht kennen, aber ihn beim Namen rufen, Unverschämtheit, hörte ich noch.

Ich warf Nicki einen Stock, dem ich selbst

schnell hinterherlief. Erst als ich den Abstand zur Wurstbude für groß genug befand, blieb ich stehen und versuchte, in dem grünen Geflimmere um mich herum Olga wiederzufinden.

Hier bin ich, rief sie und stand wieder neben mir.

Ich habe Angst vor solchen Menschen, wahrscheinlich ein Relikt aus der Kindheit, sagte ich.

Du verstehst nicht, warum sie so wütend sind, und traust ihnen darum auch Schlimmeres zu, sagte Olga.

Verstehst du sie denn?

Vielleicht, sagte Olga, ich wollte dir gerade vom »Traumspiel« und der Tochter Indras erzählen, die auf die Erde kommt, weil sie erfahren will, ob die Menschen es wirklich so schwer haben, wie man sagt. Sie geht von Station zu Station, trifft ewig Wartende, deren Hoffnung unerfüllt bleibt, glücklich Liebende, die im Unglück stranden, Arme und Reiche, Philosophen, Theologen, Juristen, Mediziner, die alle einander verachten. Immer ist das Glück des einen das Unglück eines anderen, hinter jedem Glück lauert das Unglück, mit dem es bezahlt werden muss. Für alles, was Agnes sieht und erfährt, hat sie den einen Satz:

Es ist schade um die Menschen. Wegen dieses Satzes wollte ich unbedingt die Tochter Indras spielen, es kam nie dazu. Aber ich habe ihn in meinem Leben hunderttausendmal gedacht, immer wieder: Es ist schade um die Menschen, es ist schade um die Menschen. Der Satz hat mich getröstet. Er bedeutete ja, dass die Menschen zu etwas Besserem bestimmt waren und nur irgendein Defekt, ein unglücklicher Umstand sie daran hinderte zu werden, wie sie sein könnten, sagte Olga.

Hast du so auch über uns gedacht, über deine Söhne, Andy und mich: es ist schade um die Menschen? Und über dich und Hermann?

Ja, sagte Olga, oft.

Nicki, der zwischen uns lief, drehte plötzlich ab, als würde er an einem Strick gezogen, und lief zwei Meter zurück. Ein alarmierender Duft unter einem Strauch hatte etwas verspätet sein Interesse geweckt. Er beroch einen feuchten Sandfleck ausgiebig, kratzte mit der Pfote vorsichtig die oberste Schicht weg, fuhr immer wieder mit seiner leicht zuckenden Nase darüber, um dann, als er über das Vorgefundene genug wusste, die Hinterlassenschaft seiner Vorgänger energisch zu überpinkeln.

Er hat es leicht, sagte ich, er tut, was er tun muss. Tiere können nichts falsch machen, sie kennen das Falsche gar nicht. Vögel finden über zehntausend Kilometer ihr Winterquartier, Wölfe wissen, dass sie ihren Rudelführer zu akzeptieren haben, und wenn er alt und schwach wird, beißen sie ihn weg. Tiermütter können ihre Jungen aufziehen, ohne Bücher zu jedem Lebensalter zu lesen. Aber die Menschen müssen immerfort die kompliziertesten Dinge entscheiden, und dabei machen sie dann die Fehler.

Ja, sagte Olga, wir hätten eben nicht vom Baum der Erkenntnis essen dürfen.

Ich denke, du bist eine Bahai.

Aber davor war ich Protestantin, das geht jetzt alles ein bisschen durcheinander. Auf jeden Fall hängt es mit der Vernunft zusammen. Die Bahai sagen, Gott hat sie uns gegeben, und die Christen sagen, wir haben sie genommen, obwohl es uns verboten war, und seitdem ist die Sünde in der Welt. Und die Schuld.

Aber meine Damen, sagte jemand in unserem Rücken, auf welch glitschigem Boden schlittern Sie da so ungelenk herum?

Bruno sprang uns mit einem Satz vor die Füße,

küsste Olga die Hand, machte in meine Richtung eine kleine Verbeugung und sagte: Gnädigste, schön, Sie wiederzusehen. Gestatten Sie mir, dass ich zur Verwirrung meinen Teil beitrage? Die Geschichte mit Gott und dem Paradies, ob erfunden oder nicht, ist nun einmal in der Welt und gibt Rätsel auf. Nehmen wir an, Gott ist tatsächlich ein Gott, dann hat er natürlich gewusst, dass Adam und Eva dem Teufel nicht widerstehen können und von dem Baum naschen werden. Er hatte also nie vor, sie in seinen paradiesischen Gefilden auf Dauer zu beherbergen, sondern das ganze Spektakel war von Anfang an als ein erzieherischer Akt mit Ewigkeitswirkung gedacht: Wer gegen meinen Willen handelt und mehr sein will als mein Geschöpf, fliegt raus und trägt die Folgen bis ins letzte Glied. Ihr hattet die Wahl und habt gewählt, jetzt wisst ihr, was gut und böse ist, und habt darum ab jetzt die Verantwortung für alles, was ihr tut. Seitdem zittern die Menschen vor ihrem Gott, rutschen auf Knien, beten und betteln, er möge ihre Sünden vergeben und sie wenigstens nach dem Tod ins Paradies zurücknehmen. Statt sich zu fragen, warum er ihre Urahnen so gnadenlos in einen Hinterhalt gelockt hat, beschwören sie seine unendliche Güte und Liebe. Und er, nachdem er die Menschen zur Sünde verurteilt hat, schickt seinen Sohn und lässt ihn stellvertretend für die Sünder ans Kreuz nageln, auch das aus reiner Liebe.

Wir kamen gerade an einer leeren Bank im Halbschatten einer Platane vorbei, und Olga schlug vor, ein derart schwieriges Gespräch lieber sitzend fortzuführen. Bruno sagte, er wolle seine todesstarren Glieder noch ein wenig lockern, tänzelte anmutig vor uns auf und ab und nahm dabei hin und wieder einen Schluck von seinem Phantombier.

Ich kenne kaum einen Menschen, der vor Gott auf den Knien liegt und betet, außer den Muslimen natürlich, sagte ich.

Ich habe oft gebetet, sagte Olga.

Ich habe dich nie beten sehen.

Nein, sagte Olga, aber ich habe auch für dich gebetet. Und du, betest du nie?

Doch, sagte ich, irgendwie, aber ich weiß nicht, zu wem. Mein Himmel ist leer.

Bruno steckte sein Bier in die Tasche und hob beide Arme, um unsere Aufmerksamkeit wieder für sich zu reklamieren.

Der leere Himmel. Damit, meine Damen, sind

wir bei der atheistischen Variante. Sehen Sie diesen entzückenden blauäugigen Hund, gottlos und zufrieden und, wie Sie, Gnädigste, richtig bemerkten, unfähig das Falsche zu tun, weil er es nicht kennt. So waren wir auch. Dann lernten wir allmählich zu sprechen und den aufrechten Gang, na, Sie kennen das alles, kurz: es kam zu einer vollkommen neuen zerebralen Situation. Dem Menschen wuchs ein Verstand zu, er konnte entscheiden in, ja, heute würden wir sagen: in göttlicher Willkür. Aber was folgt aus Willkür?

Bruno zeigte mit dem Finger auf mich wie ein Lehrer auf seine Schülerin, und ich antwortete auch so.

Wut, sagte ich.

Falsch, sagte Bruno, Verantwortung. Aus Willkür folgt Verantwortung. Wer entscheidet, kann falsch entscheiden und ist dafür verantwortlich. Sie sehen, wir haben das gleiche Ergebnis, nur ohne Gott und Apfelbaum.

Ich überlegte gerade, worin der Vorteil der einen oder anderen Menschwerdung liegen könnte, als Nicki, den Brunos Vortrag sichtlich langweilte, aufstand und davontrottete. Ich holte die dritte Wurst aus der Tasche, brach ein Stück ab, schwenkte es in der Luft und lockte Nicki zurück. Er schluckte den Happen, ohne zu kauen, während ich die übrige Wurst mit einer langsamen, für Nicki verfolgbaren Bewegung wieder in die Tasche steckte. Er leckte sich die Schnauze und setzte sich mit stierem Blick auf meine Tasche wieder neben mich.

Olga schüttelte nachdenklich den Kopf. Junger Mann, wir sind doch keine Kreationisten. Trotzdem kann ich an ein göttliches Gesetz glauben.

Selbstverständlich können Sie alles glauben, wenn es hilft, sagte Bruno.

Also gut, sagte ich, Verantwortung ohne Gott und Apfelbaum. Und woher kam dann Gott?

Woher kam Gott? Bruno lachte und drehte sich vor Vergnügen auf einem Bein um sich selbst. Woher kam Gott? Die Frage aller Fragen. Stellen Sie sich vor, Gnädigste, der arme Mensch, verstoßen aus der Unschuld der Tiere, das innere Gesetz verloren und ausgesetzt der eigenen Schuld. Keine UNO weit und breit, keine Deklaration der Menschenrechte, kein Ersatz für den Verlust der inneren Bestimmung, kein Trost über die grausame Erkenntnis der Sterblichkeit. In seiner unbegreiflichen Verlassenheit erfand der Mensch sich Geschichten über seine Herkunft, die er nicht kannte, und erzählte die Geschichten weiter. Und weil die Geschichten alle der gleichen Ratlosigkeit entstammten, ähnelten sie einander, wo immer sie entstanden, und wurden so lange weitererzählt, bis niemand mehr wusste, woher sie kamen, und sie als überlieferte Wahrheit galten. So schuf der Mensch sich die Götter nach seinem Bilde, erst viele und dann einen, rachsüchtig und gütig, strafend und verzeihend, aber mächtig und allwissend, die ersten Gesetzgeber und Richter, die Ordnung in das Chaos brachten. So, Gnädigste, das in aller Kürze zu der Frage: woher kam Gott.

Ich war nicht viel klüger als vorher. So oder so ähnlich hatte ich mir die Sache schon selbst erklärt. Obwohl ich gern gewusst hätte, wie Bruno die fortdauernde Existenz Gottes trotz UNO und Menschenrechtsdeklaration begründen würde, wollte ich ihn nicht zu weiteren Darbietungen ermutigen, zumal Olga wenig Gefallen an Brunos profaner Sicht auf die Gottessehnsucht der Menschen zu finden schien. Aber dann erwachte Olga aus ihrem Schweigen, das ich wohl missverstanden hatte.

Herr Bruno, sagte sie, wenn ich Sie so nennen

darf, ich kenne Ihren Nachnamen nicht, haben Sie in Ihrer letzten Stunde nicht doch eine verborgene Hintertür zum Glauben entdeckt, ein verheißungsvolles Licht im Dunkel des Nichts?

Bruno seufzte, wobei nicht zu erkennen war, ob der Seufzer Ausdruck einer wirklichen Beschwernis oder eher die Parodie eines Seufzers war.

Ach, Verehrteste, sagte Bruno, ich habe schon in meiner frühen Jugend entschieden, ob ich der Unerträglichkeit des Lebens lieber meinen Verstand oder meine Leber opfern will. Wie Sie vielleicht wissen, habe ich die Leber drangegeben und den Verstand behalten, obwohl er sich kurz vor dem Ende dann auch zurückgezogen hat. Aber das Langzeitgedächtnis war noch intakt, mit anderen Worten: ich bin wissend ins Nichts getaucht wie in die Schwärze des Ozeans und war es zufrieden.

Aber jetzt sind wir doch hier, Sie und ich, sagte Olga.

Bruno trat ein paar Schritte zurück, beschirmte seine Augen mit der flachen Hand und musterte Olga ungläubig lächelnd.

Ja, wissen Sie denn nicht, dass wir unsere Anwesenheit hier nur der Gnädigsten, unserer göttlichen Ruth, verdanken? Spätestens am Abend, wenn sie diesen Park verlassen wird, liegen wir wieder stumm und starr in unseren Gruben.

In diesem Augenblick zog aus dem hinteren Teil des Parks, woher schon früher die seltsamen Geräusche zu hören gewesen waren, ein wimmernder Schrei über die weite Wiese bis zu uns, ein furchteinflößender Ton wie aus der trockenen Kehle eines Greises, zitternd und drohend. Nickis Nackenfell sträubte sich wie die Härchen auf meinen Unterarmen, er reckte die Schnauze und antwortete mit einem langen wölfischen Heulen. Noch zweimal, dreimal durchdrang der Schrei die sanfte Frühlingsluft, das Hellgrün der Birken, die weißblühenden Sträucher, und dreimal antwortete Nicki mit seinem Wolfsgeheul. Als der letzte Schrei längst zu Boden gesunken war, stand Nicki immer noch kampfbereit mit zuckenden Lefzen vor uns, ehe er sich knurrend neben mich kauerte. Dann war es sehr still im Park. Eine Weile schwiegen wir, auch Nicki beruhigte sich, und allmählich übertönte wieder Kindergeschrei und fernes Gelächter das Wispern der Blätter und unseren erregten Atem.

Was war das, fragte ich.

Bruno sagte, das müsse ich selbst herausfinden. Er aber wolle sich jetzt noch ein wenig den Wonnen seiner unverhofften Wiederbelebung hingeben. Er winkte uns flüchtig und löste sich auf in der flirrenden Sonne.

Mir dröhnten noch die unheimlichen Laute in den Ohren, die nicht geklungen hatten, als hätte ein Mensch vor Schmerz oder um Hilfe geschrien. Olga saß still neben mir und streichelte Nickis Stirn. Was hast du für schöne blaue Augen, flüsterte sie, vielleicht kennst du ja ein Geheimnis und kannst es uns nur nicht sagen. Es ist wirklich schade um die Menschen, sagte Olga zu dem Hund oder zu mir, und dann zerstob auch sie wie Staub im Wind. Ich gab Nicki noch ein Stück von der dritten Wurst, damit wenigstens er mich nicht verließ.

Von einer Sekunde zur anderen überkam mich eine große Traurigkeit wie eine dicke, düstere Wolke, die gerade vom Himmel gefallen war und mich unter sich begrub. Ich wollte aufstehen und einfach weitergehen, aber ich war zu schwach, die Last von mir zu schieben, sackte zurück auf die Bank und legte meine schwere Hand auf Nickis

Kopf, um ihn am Weglaufen zu hindern. Wenn es schade um die Menschen war, dachte ich, dann war es wohl auch schade um mich, und ich fragte mich, was hätte passieren müssen oder nicht hätte passieren dürfen, damit es um mich nicht schade gewesen wäre. Vielleicht wenn jemand meinem Vater nicht die Lunge zerschossen hätte und er ein gesunder, fröhlicher Vater gewesen wäre, aber dafür hätte er schon gar nicht in den Krieg ziehen dürfen, also schon um meinen Vater war es schade und um meine Mutter, weil sie ihn verloren hat und darum den Sekretär ins Haus holen musste, was wiederum ganz erheblich dazu beigetragen hat, dass es schade war um mich, weil ich vielleicht schon wegen des Sekretärs und des Scharwenzelns meiner Mutter so autonomiesüchtig geworden war und darum so unbegabt für das lebenslange Zusammenleben mit einem Mann, weil ich darum den einen verlassen habe und von dem anderen verlassen wurde, von den übrigen ganz zu schweigen, und weil Fanny darum nicht wusste, wie es war, einen richtigen Vater zu haben, so wie ich es nicht wusste, und es darum nun auch um Fanny schade war. Aber selbst wenn mein Vater nicht in den Krieg hätte ziehen müssen, hätte der Krieg ja doch stattgefunden, es sei denn, der Krieg vor diesem Krieg wäre zu verhindern gewesen, was aber offenbar nicht möglich gewesen war, so dass die Jahrzehnte nach dem Krieg, in dem meinem Vater die Lunge zerschossen wurde, diese Jahrzehnte mit Stalin, Erich, Margot, dem Sekretär, Doro und ihren Genossen trotzdem geworden wären, was sie waren, und das allein hätte vollkommen ausgereicht, es um uns alle schade sein zu lassen.

Je länger ich über Olgas Lieblingssatz nachdachte, umso auswegloser verfing ich mich in einem klebrigen Spinnennetz aus fremder Schuld und eigener Ohnmacht, um am Ende in einer Woge heißen Selbstmitleids zu versinken und daraus erst wieder aufzutauchen, als Nicki mit beiden Vorderpfoten auf meinen Knien stand und aufgeregt mit langer Zunge mein Gesicht abschleckte.

Ist gut, Nicki, ich hör ja schon auf, sagte ich und setzte seine Pfoten sanft auf die Erde. Ich wischte mir Nickis Speichel mit einem Taschentuch von den Wangen, kämmte mir die Haare und nahm mir vor, nicht mehr darüber nachzudenken, ob es um mich oder sonst wen schade war, weil es, da es alle Menschen gleichermaßen betraf, die gleiche

Ausgangslage, nur auf einer anderen Ebene, schuf und sich dann wieder die Frage stellen würde, wer oder was schuld war an Olgas, Brunos, meinem, Fannys oder sonst jemandes Gewordensein, was ebenso sinnlos war wie die Frage, was hätte geschehen müssen oder nicht hätte geschehen dürfen, damit es um mich nicht schade gewesen wäre.

Los, sagte ich, wir gehen weiter.

Ich wusste nicht, wie lange ich schon durch den Park irrte. Die winzigen Zeiger auf meiner Uhr konnte ich immer noch nicht erkennen. Aber es musste schon der spätere Nachmittag sein, denn die Sonne stand so niedrig, dass sie mir direkt in die Augen blitzte, sobald das untere Geäst der Bäume durchlässig war. Wir gingen langsam, Nicki dicht neben mir, nachdem er es aufgegeben hatte, mich noch einmal zur Wurstbude zu führen. Ich versuchte, an nichts zu denken, sondern mich ganz dem schönen, verschwommenen Bild, in dem ich herumspazierte, hinzugeben. Für ein paar Schritte schloss ich die Augen, atmete mit offenem Mund die milde, von Blütendüften durchwehte Luft ein; es kam mir vor, als würde ich mit jedem Schritt leichter, bis alle Schwermut, die den wundersamen Irrsinn dieses Tages fast verdorben hätte, von mir wieder abgefallen war. Ich zündete mir eine Zigarette an, inhalierte den Rauch tief und genoss den leichten, die Fehlfunktion meiner Augen harmonisch ergänzenden Schwindel, der mir für kurze Zeit in den Kopf stieg. Jogger überholten uns, Spaziergänger kamen uns entgegen, auch einige Hunde, die Nicki gleichmütig vorüberziehen ließ. Was für ein Tag, was für ein sonderbarer Tag, dachte ich wieder. Wir trieben ziellos durch den Park, Nicki und ich; die seltsamen Geräusche und Schreie, die ich vorhin noch unbedingt ergründen wollte, hatte ich fast vergessen.

In einiger Entfernung von uns sah ich eine junge Frau, die mich an Fanny erinnerte. Sie war groß, schmal, hatte langes, hellbraunes Haar, ihre Kleidung konnte ich nicht genau erkennen, aber sie trug dunkle Hosen, auch das Oberteil, Jacke oder Bluse, war dunkel. Neben ihr lief ein älterer Mann, etwas beleibt, mit schwerem Gang, wie ich mir Bernhard vorstellen konnte nach all den Jahren, in denen ich ihn nicht gesehen hatte. Ein schmerzhafter Schreck fuhr mir in den Magen. Der Friedhof befinde sich gleich nebenan, hatte Bruno gesagt. Falls es wirklich Fanny und Bernhard waren, die uns da entgegenkamen, hatten sie mich sicher längst erkannt, da Fanny auf keinen Fall unter Sehstörungen litt und Bernhard wahrscheinlich weitsichtig war wie die meisten Menschen über fünfzig. Je näher die beiden kamen, umso sicherer war ich, dass ich in weniger als einer Minute Fanny und ihrem Vater gegenüberstehen würde. Der Mann legte seinen Arm um die junge Frau, zog sie an sich, küsste sie flüchtig auf das Haar, und Fanny verwandelte sich unter dieser Liebkosung ganz in seine Tochter, zärtlich, ein bisschen kokett; anders als ich sie in den letzten Jahren kannte. Ach, Fanny. Ich hatte nie herausgefunden, ob sie Bernhards Verrat, der ja begonnen haben musste, ehe er seine Tochter zur heimlichen Komplizin machte, ob Fanny dieses schmutzige Kapitel aus Bernhards Vergangenheit so demonstrativ ignorierte, weil ihre Tochterliebe groß genug war, um zu verzeihen; oder ob sie mir beweisen wollte, dass ihr Leben eben fünfundzwanzig Jahre später begonnen hatte als meins und die Dinge darum für sie etwas anderes bedeuteten als für mich und dass dieses miese kleine Wort Stasi für sie, Fanny, nicht ausreiche, um ihren Vater für alle Zeiten unter seiner Schuld zu begraben.

Das wolltest du doch. Du wolltest, dass er einfach verschwindet, hat Fanny einmal gesagt, nein, nicht gesagt, an den Kopf geworfen hat sie mir den Satz: Warum hast du ihn zu meinem Vater gemacht, wenn er verschwinden sollte?

Ich hätte antworten müssen: weil ich Väter nicht wichtig fand, wagte es aber nicht.

Inzwischen hatten sich die beiden bis auf wenige Meter genähert, eine mir unbekannte junge Frau, die meiner Tochter nicht einmal besonders ähnlich sah, und ein älterer Mann, ihr Vater oder ihr Liebhaber, vielleicht eine Studentin mit ihrem Professor oder eine Sekretärin mit ihrem Chef, jedenfalls nicht Fanny und Bernhard. Ich nahm mir vor, Fanny sofort anzurufen, sobald ich zu Hause war, und ihr zu erzählen, wie es dazu gekommen war, dass eine kleine rückwärtsfliegende Wolke mich zuerst geblendet, in der Folge dann auf Abwege geführt hatte, bis es zu spät war für Olgas Beerdigung und ich so vollkommen orientierungslos in diesem Park gelandet war. Vielleicht würde ich auch sagen, dass ich Bernhard nicht unter seiner Schuld verschwinden lassen wollte, weil er trotz allem, und zwar durch mich, ihr Vater war, vielleicht sollte ich ihr das sagen, dachte ich.

Ich war müde, hungrig und durstig, sah die Welt aber immer noch verpixelt, was befürchten ließ, dass ich meinen Heimweg so wenig finden würde wie am Morgen den Friedhof. Ich hoffte, der Sonnenuntergang könnte mich von meiner Sehbehinderung befreien, weil sie schließlich mit einem zu langen Blick in den gleißenden Himmel begonnen hatte und die Dunkelheit meinen Augen demzufolge Linderung verschaffen müsste. Aber selbst wenn ich mich wieder imstande fühlte, die Heimfahrt anzutreten, stellte sich die Frage, was aus Nicki werden sollte. Selbst ohne das Lockmittel der dritten Wurst, deren letzten Zipfel er schon vor geraumer Zeit verschluckt hatte, unternahm er keinen Versuch mehr, eigene Wege zu gehen, sondern blieb geduldig an meiner Seite. Nach diesem Tag, an dem er mein Hund gewesen war, wäre ich mir niederträchtig vorgekommen, wenn ich einfach in mein Auto gestiegen und davongefahren wäre. Andererseits konnte ich ihn auch nicht mitnehmen, weil er zu groß war, um in meinem kleinen Arbeitszimmer im Museum unauffällig unter meinem Schreibtisch zu liegen, er also von morgens bis abends allein in der Wohnung bleiben müsste, was man keinem Hund zumuten sollte.

So schnell kann man unverschuldet in unlösbare Gewissenskonflikte geraten, dachte ich, war aber nicht sicher, ob das Wort unverschuldet in diesem Fall wirklich galt, weil ich Nicki aus durchaus eigennützigen Gründen mehrfach bestochen hatte, um mir seine Gesellschaft zu sichern.

Aber noch war Zeit für glückliche Zufälle. Wir könnten einen Menschen treffen, der Nicki und auch seine Besitzer kannte und bereit wäre, ihn sicher nach Hause zu bringen. Oder es könnte eine Hündin des Weges kommen, die so aufreizende Düfte verströmte, dass Nicki sich gezwungen fühlte, ihr zu folgen. Für diesen Fall nahm ich mir fest vor, ihn nicht zurückzuhalten, sondern schnell und unauffällig einen Seitenweg einzuschlagen und mich für Nicki unsichtbar zu machen, so dass er sich ganz auf seine neue Gefährtin konzentrieren könnte. Während ich mich so auf unseren unvermeidlichen Abschied vorbereitete, fiel mir ein, dass ich Nicki als Beweis für diesen Tag fotografieren könnte, denn es wäre ja möglich, dass ich schon morgen selbst nicht glaubte, was ich heute erlebt hatte. Ich zog mein multifunktionales Telefon aus der Tasche, fand mit einiger Anstrengung die Kameraeinstellung, rief Nicki, und als er mich aus seinen blauen Augen ansah, tippte ich auf den Auslöser. Auf dem Display erkannte ich jetzt zwar nicht mehr als einen gelben Fleck vor grünem Hintergrund, aber später, wenn der Schleier vor meinen Augen sich verzogen haben würde, könnte ich sicher sein, dass ich diesen Tag im Park wirklich erlebt und nicht nur geträumt hatte.

Ich ließ das Telefon zufrieden in meine Tasche gleiten und stieß im gleichen Augenblick, ohne dass ich mir erklären konnte, wie und warum, frontal mit einer Gestalt zusammen, die aus dem Nichts direkt vor mir aufgetaucht sein musste. Obwohl ich sofort einen Schritt zurücktrat und mich entschuldigte, stieß der Mann mich grob von sich, so dass ich beinahe hintenüber gestürzt wäre.

Erschrocken versicherte ich ihm noch einmal, dass es mir leidtue und ich ihn wirklich nicht gesehen hätte, worauf er mir mit einem Lachen, das eher feindselig als freundlich klang, den Weg verstellte und sagte, so sei es recht, er remple mich an, und ich hätte mich dafür zu entschuldigen. So sei nun einmal die Regel.

Er war nicht besonders groß, schmal, das Gesicht knochig, darin ein weicher, gleichgültiger Mund und erschreckende Augen. Ich sah den Mann so klar und deutlich wie Bruno, Olga und Erich, was mich verwunderte, weil ich ihn nicht kannte, jedenfalls konnte ich mich nicht erinnern, ihm schon einmal begegnet zu sein. Und das bedeutete, dass ich kein Bild von ihm in meinem Kopf haben konnte, ihn also so flimmerig sehen müsste wie alles andere um mich herum, wie Nicki, den Park, den Wurstverkäufer, die boshafte Frau mit ihrem Kind. Nur seine Augen, dieser unfassbare, weil nicht auf das Gleiche gerichtete Blick, ließen in meinem Hirn etwas aufflackern, nichts Bestimmtes, nur den zuckenden, keine Spur hinterlassenden Blitz einer Erinnerung.

Welche Regel?, fragte ich.

Meine, sagte der Mann.

Die Begegnung war mir unangenehm, vielleicht hatte ich sogar Angst. Ich hielt es für möglich, dass der Mann verrückt war, einer jener intelligenten Psychopathen, denen man die Verrücktheit erst anmerkte, wenn es zu spät war. Auch Nicki wirkte verunsichert, sein Schwanz, den er sonst selbstbewusst aufstellte, klemmte zwischen den Beinen, seinen warmen, pochenden Brustkorb spürte ich an meinem Bein.

Ich wünschte dem Mann einen guten Tag und wollte weitergehen, aber er hielt mich zurück. Er hätte sich mit mir eigentlich unterhalten wollen, sagte er.

Warum mit mir? Wir kennen uns doch gar nicht, sagte ich.

Sie kennen *mich* nicht, sagte er mit einem demonstrativ überlegenen Lächeln, das so ungeschickt wirkte wie jene plumpe Ironie, die Anführungszeichen benötigte, um auf sich aufmerksam zu machen.

Sie wohnen in der Winterfeldtstraße, Sie parken äußerst ungeschickt, kaufen am Sonnabend auf dem Markt ein, Sie haben eine Tochter, leben allein, gehen in der Regel morgens um neun aus dem Haus und gehören zu der Spezies Mensch, die sich beim Überqueren der Straße darauf verlässt, dass Autofahrer nichts mehr fürchten, als zum Mörder zu werden. Sie sind wenigstens hundertmal an mir vorbeigegangen, ohne mich zu sehen. Darum wissen Sie nun nichts über mich, und das ist schlecht für Sie. Möglicherweise ist es aber auch gut, weil Sie sich anderenfalls vielleicht vor mir fürchten würden, und das wäre noch schlechter für Sie.

Während er sprach, ließ er mich nicht aus den Augen, das heißt, er ließ mich nicht aus seinem linken Auge, das rechte, dunklere, sah an mir vorbei, obwohl man nicht hätte sagen können, dass der Mann schielte, nur eine kleine, irritierende Abweichung, ein stabiles rechtes Führungsauge, dem das linke, mit mehr Bewegungsfreiheit ausgestattet, folgte, so dass es schien, als hätte der Mann gleichzeitig ein nahes und ein fernes Ziel im Blick. Obwohl ich sicher war, den Mann nicht zu kennen, glaubte ich, in diese Augen früher schon gesehen zu haben, ich wusste nur nicht, wann und wo, auch nicht, ob sich mit dieser ungenauen Erinnerung etwas Unangenehmes oder Schönes verband.

Warum sollte ich Sie fürchten, fragte ich.

Ja, warum fürchtet man sich vor Menschen, sagte er.

Ich sagte, dafür gebe es viele Gründe. Eifersucht, Habgier, Neid, Rachsucht, Wahnsinn, defekte Triebsteuerung, Kontrollverlust jeglicher Art. Für Eifersucht, Neid und Rachsucht sähe ich bei ihm kein Motiv, weil uns dafür die Voraussetzungen fehlten. Wenn er es auf mein Telefon oder meine Scheckkarte abgesehen habe, würde ich sie ihm freiwillig überlassen. Ob er aber wahnsinnig oder andersartig dekompensiert sei, könne ich natürlich nicht beurteilen.

Der letzte Satz hatte ihn getroffen. In seinem linken Auge flammte etwas auf, das Wut oder Kränkung verriet. Aber er hatte geschafft, was er wollte; wir unterhielten uns.

Aha, sagte er, dekompensiert. Sie meinen, wenn jemand dekompensiert ist, kann man ihn auch wieder kompensieren. Was aber, wenn ich auf eine ganz andere Art kompensiert wäre, auf eine gefährliche? Wenn ein Mensch wie ich als dekompensiert gelten müsste, wäre er in einem Zustand, den Sie für normal, also kompensiert halten? Können Sie mir folgen?

Er sah mich jetzt mit beiden Augen an, das linke, beweglichere, stand leicht hervor, als drückte etwas von innen gegen den Augapfel. Ich wollte weitergehen, weg von diesem Menschen mit den unheimlichen Augen und dieser monotonen, für einen Mann ungewöhnlich hellen Stimme, die mir widerlicher wurde, je länger ich ihr zuhören musste. Aber mir war vollkommen klar, dass er mich nicht einfach gehen lassen würde. Er würde sich mir in den Weg stellen oder mich sogar am Arm packen, dachte ich.

Was gucken Sie so entgeistert? Haben Sie mich nicht verstanden?, fragte er gereizt.

Wahrscheinlich, sagte ich.

Das habe ich mir gedacht, sagte er, Sie können das gar nicht verstehen, darin liegt das Problem. Also räufeln wir es vom Ende auf: Ich bin böse, ich bin ein böser Mensch, das verstehen Sie doch?

Sie sagen das so stolz, sagte ich. Ich sprach so leise, dass ich selbst meine Stimme kaum hörte.

Sieh an, dumm ist sie nicht, sagte er, als spräche er zu einer dritten Person. Er verschränkte die Arme vor der Brust und musterte mich mit seinem linken Auge, während das rechte dunkel und teilnahmslos vor sich hin starrte. Um seinem forschenden Blick zu entgehen, konzentrierte ich mich auf sein dunkles Auge, und in diesem Augenblick fiel mir ein, woher ich diese Augen kannte. Sie gehörten zu einem Bild. Es war in Wien – jetzt erinnerte ich mich genau –, wo ich vor einigen Jahren gebannt vor dem Porträt eines namenlosen Mannes gestanden hatte, dessen Blick mich über die fünf Jahrhunderte, die zwischen seiner und meiner Lebenszeit lagen, durchdrang. Ein bleiches Gesicht, dessen gänzlich verschiedene Hälften ich mir im Wechsel abdeckte und so lange versuchte, das Wesen dieses fremden Vorgängers auf Erden zu ergründen, bis mich das verwirrende Gefühl überkam, ich versenkte mich nicht in ein Bild, sondern begegnete gerade einem leibhaftigen Menschen. Je nachdem, welche Seite seines Gesichts ich betrachtete, konnte ich den Mann für stolz und selbstbewusst halten oder für kalt, sogar kaltblütig, unheimlich vor allem die Augen, deren eines auf mich gerichtet war, das andere aber starr in die Ferne sah, ein dunkler Strahl durch die Zeit bis in unser Jahrhundert oder weiter.

Aber wie kamen diese verwirrendsten Augen, die ich je gesehen hatte, in den Kopf des Mannes, der mir nun im Park gegenüberstand und mir, indem er von sich behauptete, er sei ein böser Mensch, die Lösung des Rätsels anbot, das jenes Bild in mir hinterlassen hatte. Waren die Menschen wirklich über Jahrtausende ständige Wiederholungen ihrer selbst, nur anders gemischt und verteilt? Das Porträt wurde einem unbekannten französischen Meister zugeschrieben, der Abgebildete war demzufolge wahrscheinlich ein Franzose, der nun in einem bösen Deutschen seinen späten Wiedergänger gefunden hätte. Selbst wenn ich einem solchen Gedanken, der mir bis dahin so ferngelegen hatte wie jeder andere Glauben an ein Leben nach dem Tod, hätte folgen wollen, wäre damit nicht erklärt gewesen, wie dieser unsympathische Mensch in den außergewöhnlichsten Tag meines schon ziemlich langen Lebens geraten konnte. Olga und Bruno gehörten zu meinem Leben; sogar Erich und Margot, weil auch der Gefängniswärter zum Leben eines Häftlings gehört. Aber was hatte dieser nach eigenem Bekenntnis böse Kerl mit mir zu tun?

Nicki schob seinen Kopf unter meine Hand, und ich fuhr ihm mit den Fingerspitzen mechanisch durch das Fell.

Sie denken wohl, weil Sie Hunde lieben, sind Sie schon ein guter Mensch, sagte der Böse. Der

Hohn sprühte leicht wie Nieselregen durch seine Worte, als wäre das seine natürlichste Art zu reden.

Er erwartete keine Antwort und sprach einfach weiter: Ich weiß seit einem Novembertag vor dreißig Jahren, ich hatte gerade meinen fünfzehnten Geburtstag hinter mir, dass etwas unwiderstehlich Böses mich beherrscht. Es war am frühen Abend. Ich hatte in der Kantstraße einen Freund besucht und lief in Richtung Wilmersdorfer Straße zur U-Bahn. Es regnete. Plötzlich hörte ich kurz hinter mir das Quietschen von Bremsen, dann ein dumpfes, klatschendes Geräusch, als wäre ein Auto gegen einen Berg nasser Pappe geprallt. Ich ging zurück. Ein Mann lag reglos auf der Straße, aus seinem Schädel rann unaufhörlich Blut, vermischte sich mit dem Regenwasser und zerfloss in den Poren der Asphaltdecke. Ich wartete, bis die Ambulanz kam. Ich wollte wissen, ob der Mann tot war. Ich wollte, dass er tot war. Ich wollte dabei gewesen sein, wenn ein Mensch so starb, eben noch ganz lebendig ohne einen Gedanken an den Tod, und Sekunden später nur noch die Hülle des Menschen, der er bis eben gewesen war, nur noch eine Leiche, der Mensch in seiner Vergangenheitsform. Er war tot, sie zogen ihm ein weißes Tuch über das Gesicht und fuhren ihn weg. Ganz benommen von einem erhabenen, dunklen Gefühl blieb ich noch eine Weile stehen und sah zu, wie der Regen das Blut langsam in den Gully spülte. Dann ging ich weiter zur U-Bahn und fuhr nach Hause. Dieses Geräusch aber, dieser unspektakuläre, klanglose Aufprall, der zugleich etwas Endgültiges signalisierte, verstopfte mir für den Rest des Tages die Ohren. Wieder und wieder hörte ich das dumpfe Klatschen, sah das grauweiße Gesicht des Mannes und wie das Leben als rotes Rinnsal aus seinem Kopf floss. Später, als es zu verklingen drohte, rief ich es zurück. Ich wurde süchtig nach diesem banalen Augenblick zwischen Leben und Tod, und der Gedanke, dass ich ihn vielleicht nie wieder so nah erleben würde, war unerträglich. Obwohl ich kein sportlicher Mensch war und an sportlichen Ereignissen kaum Anteil nahm, begann ich mich für gewisse Sportarten zu interessieren. Ich sah mir zur Verwunderung meiner Eltern Übertragungen von Formel-1-Rennen an, die Vier-Schanzen-Tournee und Abfahrtsläufe, immer in Erwartung eines tödlichen Unfalls. Aber seit dem Tod von Ayrton Senna beim Großen Preis von San Marino 1994 gab es in der Formel 1 keinen toten Fahrer mehr, nur noch zwei oder drei Streckenposten, für die sich keine Kamera interessierte. Aber es war sowieso kein Ersatz. Ich wollte sehen, wie das Auge erstarrt, wie der letzte Atemzug der Lunge entweicht, wie das Licht ausgeht. Seitdem jagte ich dem Tod hinterher, im Nebel auf Autobahnen, auf vereisten Landstraßen, lauerte an gefährlichen Kreuzungen. Ich beobachtete leichtfertige und verträumte Menschen wie Sie, um dabei zu sein, wenn sie durch die Luft geschleudert oder unter den Reifen zerquetscht wurden. Bis ich eines Abends, als ich auf eisglatter Landstraße eine Frau aus dem Wrack ihres Autos ziehen wollte, selbst unter die Räder eines Sattelschleppers geriet.

Plötzlich hielt der Mann inne, sah mich an und fragte: Und? Was sagen Sie?

Haben Sie selbst einen Menschen getötet?

Das ist anzunehmen. Vermutlich wäre die Frau, deren Bergung mich das Leben kostete, nicht gegen den Baum gefahren, hätte ich sie nicht bedrängt und geblendet. Wahrscheinlich bin ich auch am Tod meines Vaters nicht unschuldig. Ich habe zehn Minuten gewartet, ehe ich den Rettungsarzt rief. Und ich habe einmal scharf gebremst, als ein Motorradfahrer dicht hinter mir fuhr. Er segelte zwanzig Meter weit durch die Luft und starb in meinen Armen.

Wir standen einander gegenüber wie zwei Tiere, die sich gegenseitig belauerten. Ich versuchte zu lächeln, damit er glauben könnte, ich fürchtete mich nicht vor ihm, sondern hielte ihn womöglich nur für einen abartigen Aufschneider, der Gräueltaten erfand, um andere Menschen in Angst und Schrecken zu versetzen. Und wären seine jahrhundertealten Augen nicht gewesen, hätte ich ihm vielleicht auch nicht geglaubt. So aber hielt ich alles, was er erzählte, für wahr. Und ich fürchtete mich vor ihm.

Warum erzählen Sie mir diese Geschichten, fragte ich.

Warum hören Sie mir zu, sagte er.

Sie haben mich nicht gehen lassen.

Ach was, Sie waren fasziniert. Spätestens wenn ich sage, ich sei ein böser Mensch, sind alle fasziniert, Sie sind da keine Ausnahme. Wer gibt schon zu, dass er böse ist? Selbst die Bösen halten sich für gut. Das ist die Voraussetzung aller Kriege. Wenn ich ein Versäumnis in meinem Leben bedaure, dann ist es, dass mir der Krieg nicht vergönnt war. Im Krieg erwacht auch im biedersten Bürger das Viech, da reißt die dünne Menschenhaut und der Werwolf wird geboren. Aber sogar wer mordet, vergewaltigt und raubt, will noch gut sein, ein Guter, der das Böse bekämpft, den bösen Anderen und seinen bösen Gott, für den eigenen guten Gott oder für die große, heilige Idee, für etwas, das sein böses Tun verkehrt ins Heldenhafte. Aber ich sage: Ich bin böse, böse geboren oder böse geworden, egal warum, ich bin böse. Darum sind Sie geblieben, nicht weil ich Sie gezwungen hätte, sondern weil Sie sich in mir erkennen, weil Ihr eigenes geknebeltes und gefesseltes Böse sich verbünden will mit mir. Oder wollen Sie etwa behaupten, in Ihnen hätten noch nie Mordgedanken getobt?

In seinen Mundwinkeln hatten sich kleine weiße Speichelblasen gesammelt. Gespreizt und triumphierend stand er vor mir und sah mich jetzt mit beiden Augen an. Der böse Blick, das gibt es also, dachte ich, als mich jemand fest bei der Hand nahm und sagte: Nun komm hier endlich weg.

Nicki winselte vor Freude. Ich fiel Olga um den Hals. Olga, stöhnte ich, endlich. Was war das?

Das Böse, sagte Olga, ein böser Mensch.

Sie lief schnell und zog mich hinter sich her. Ich sah mich um, aber der Mann war verschwunden, und ich tauchte langsam auf wie aus einem kalten, dunklen Traum, in dem sich der Park, der Blütenschaum auf dem dichten Grün, der Frühlingsduft, die zärtlichen Sonnenstrahlen auf der Haut in ödes Nichts verwandelt hatten.

Warum war er hier? Was wollte er von mir? Was hat er mit diesem Tag zu tun? Olga?

Das kannst nur du wissen, sagte Olga.

Ich beugte mich zu dem Hund, nahm seinen Kopf in beide Hände und küsste ihn auf die rosafarbene Nase: Sogar dich hatte ich ganz vergessen, sagte ich. In der Hoffnung, mein plötzlicher Gefühlsausbruch würde sich materialisieren, steckte Nicki seine Schnauze in meine Tasche, in der er wohl immer noch Wurstreserven vermutete. Ich zündete mir eine Zigarette an, wir setzten uns auf eine abseits gelegene, von einer Hecke eingehegte Bank. Olga sah mich mit sorgenvoll gehobenen Brauen an, schüttelte den Kopf und sagte: Du guckst wie damals, als ich dich zum ersten Mal besucht habe, nachdem du Bernhard verlassen hattest.

Und wie?

Schuldbewusst, unsicher.

Und wenn er recht hat? Wenn es stimmt, dass das Böse in mir fasziniert war von ihm?

Trotzdem willst du niemanden töten.

Ich wollte den Sekretär töten.

Hast du aber nicht.

Weil ich kein Pferdeschwanzhaar auftreiben konnte.

Sei nicht albern, sagte Olga streng, außerdem warst du ein Kind. Böse Gedanken hat jeder Mensch. Als ich von Hermanns zweiter Familie erfuhr, habe ich gewünscht, die Frau würde unter eine Straßenbahn oder ein Auto geraten. Wir hätten die Mädchen aufgenommen, und alles hätte wieder gut werden können. Ich habe im Bett gesessen und gebetet: Lass sie sterben, lieber Gott. Stell dir das vor, Gott zum Mordkomplizen machen wollen, das ist böse.

Wochenlang, erzählte Olga, habe sie Angst gehabt, ihre unfromme Bitte würde erhört, was ihr zwar als endgültiger Gottesbeweis hätte gelten müssen, sie andererseits aber vor die Frage gestellt hätte, was das für ein Gott sein soll, der so teuflische Wünsche erfüllt.

Aber es geschah nichts. Hermann behielt die zweite Frau, schon wegen der beiden Mädchen, und Olga blieb bei Hermann, nicht nur wegen der beiden Söhne. Kurz nachdem Olga von Gott den Tod seiner Geliebten erbeten hatte, verschuldete Hermann einen kleinen Autounfall, bei dem aber, abgesehen von einigen Beulen an beiden beteiligten Autos, niemand zu Schaden kam. An einen Zusammenhang zwischen dem Unfall und ihrem Gebet glaubte Olga nicht.

Hast du auch eine Zigarette für mich, fragte sie.

Ich hatte sie in ihrem Leben nie rauchend gesehen und dachte, dass dieser plötzliche Einfall eine Geste für mich sein sollte. Ich zündete die Zigarette für sie an, Olga sog vorsichtig den Rauch ein, saß eine Weile ganz still, als erwarte sie etwas, und sagte: Seltsam, früher musste ich immer husten, wenn ich es versucht habe.

Es war schön, so beieinander zu sitzen, und zum ersten Mal, seit Olga gestorben war, breitete sich das, was mir in Zukunft fehlen würde, als ein sanfter Schmerz in mir aus. Olga in der cremefarbenen Bluse und der Strickjacke, mit den sittsam geschlossenen Knien, über die sie, wenn sie saß, immer sorgfältig den Rocksaum zog; ihre Augen, mit denen sie Menschen umarmen konnte; und ihre Prophezeiungen, an die ich mich manchmal geklammert hatte, als wären sie einlösbare Versprechen gewesen.

Weißt du noch, wie du mir einmal, als irgendeine meiner Verliebtheiten gerade unglücklich endete, vorausgesagt hast, ich würde eine ganz große Liebe finden, eine, mit der ich überhaupt nicht rechnete. Kannst du dich erinnern?

So, habe ich das gesagt?

Du hast behauptet, das wüsstest du genau, und ich habe es geglaubt.

Olga lachte. Wahrscheinlich warst du sehr traurig.

Ein Jahr später traf ich Hendrik. Du hast auch prophezeit, dass Hendrik großer Erfolg bevorstehe.

Ach, sagte Olga, ach, das habe ich euch eben gewünscht, ich wusste nicht, dass du daran glaubst. Aber vielleicht hat es geholfen.

Sie hielt ihre Zigarette zwischen Daumen und Zeigefinger und sah zu, wie der Rauch senkrecht in die Luft stieg.

Es wird kühl, sagte sie, die Sonne wird bald untergehen.

Tatsächlich war die Sonne inzwischen hinter Bäumen und den Häusern jenseits des Parks versunken, auch das Kindergeschrei war verstummt. Nur aus dem hinteren Teil des Parks drangen immer noch auf- und wieder abschwellende Geräusche, in denen ich abwechselnd Kreischen, drohendes Raunen, auch Trommeln zu hören glaubte. Ich war inzwischen so an die gestörte Funktion meiner Augen gewöhnt, dass ich nicht mehr darauf geachtet hatte, ob ich mit dem Verblassen der Sonne allmählich wieder klarer sah. Ich betrachtete die Innenflächen meiner Hände, konnte die Linien darin aber immer noch nicht deutlich erkennen, was mich zwar beunruhigte, mir aber auch gelegen kam, denn ich hatte immer noch nicht herausgefunden, was ich mit diesem schiefäugigen Ungeheuer zu tun haben könnte und warum es mir in den sonderbarsten, auf gewisse Weise sogar schönsten Tag meines Lebens geraten konnte. Sobald mir die Welt wieder in gewohnter Gestalt erscheinen würde, ließe sich, davon war ich überzeugt, diese Angelegenheit nicht mehr klären.

Ja, sagte ich, bald ist es dunkel, und dann ist dieser Tag vorbei.

Hallo, die Damen, warum so melancholisch?

Bruno tauchte keuchend hinter der Hecke auf, klopfte sich ein paar Laubreste des vergangenen Herbstes vom Jackett und zog sein Phantombier aus der Tasche.

Entschuldigen Sie, dass ich gelauscht habe, aber ich hatte mich hier gerade etwas ausgeruht und war eingenickt, ehe Sie kamen. Gnädigste, Sie wirken verstört. Hat der Unhold, mit dem ich Sie vorhin gesehen habe, Sie verschreckt? Hat er Ihnen auch einreden wollen, Sie seien im Innersten genauso böse wie er? Der Kerl ist ein Trickbetrüger, glauben Sie ihm kein Wort.

Aber er hatte doch recht, ich war fasziniert, sagte ich.

Schlimmer, Sie waren hypnotisiert, starr vor Angst wie dieses berühmte Kaninchen. Auf die Gefahr, Sie zu kränken, Gnädigste, behaupte ich, dass es Ihnen zum wahren Bösen an Phantasie mangelt. Sonst wären Sie eine Künstlerin statt Kunstverwalterin geworden. Künstler sind fasziniert vom Bösen, weil es so interessant ist. Ich vermute sogar, dass es manche Menschen vor allem zur Kunst drängt, weil sie nur da ihre Mordgelüste und Machtphantasien ausleben können, ohne hinter Gittern zu landen. Nicht auszudenken, was der Welt erspart geblieben wäre, hätte Hitler die Aufnahmeprüfung an der Wiener Kunstakademie bestanden, fortan seinen Wahn auf Papier und Leinwand ausgetobt und auf den ganzen Rest verzichtet. Mon Dieu! Ah, sehe ich da ein Zucken um Ihren Mund? Ist Ihnen dieser Allerweltsgedanke schon zu frivol? Dahinter könnte sich ja das Böse verstecken.

Ich hatte nicht mit dem Mund gezuckt und verstand nicht, womit ich Brunos plötzliche Kampfeslust ausgelöst haben könnte. Ich habe nicht gezuckt, wollte ich sagen, fand aber keine Lücke in Brunos furiosem Redeschwall.

Nein, Gnädigste, Ihr Verdacht, in Ihnen harre das Böse seiner Erweckung, ist ein Fall von masochistischer Selbstüberschätzung. Sie bemühen sogar eine kindliche Mordphantasie, um sich interessanter zu machen, als Sie nun einmal sind. Machen Sie sich keine Sorgen, Sie wagen das Böse nicht einmal mehr zu denken, geschweige denn zu tun.

Herr Bruno, unterbrach ihn Olga streng, nachdem sie die ganze Zeit unbewegt zugehört hatte, was regt Sie eigentlich so auf?

Nichts regt mich auf, sagte Bruno und ließ wie zum Beweis erst einmal Bier durch seine Kehle fließen. Nichts als Langeweile, und was ist schlimmer als Langeweile? Vielleicht plagt ja auch die Gnädigste nur die Langeweile an sich selbst, und sie bohrt darum so hartnäckig nach dem Bösen in sich. Nur zu, die Kenntnis der eigenen Abgründe fördert das Weltverständnis. Außerdem könnten Sie am Ende wenigstens sicher sein, dass Sie Ihre Harmlosigkeit nicht nur einem Mangel an Phantasie, sondern tatsächlich dem zivilisatorischen Dressurakt verdanken. Wie oft habe ich davon geträumt, meinem Busenfreund Hendrik den Dolch in sein verräterisches Herz zu stoßen, und kann mich nun rühmen, es nicht getan zu haben. Darin, meine Damen, liegt die gehobene Dialektik der Moral. Einen Mord zu planen, um ihn dann nicht auszuführen, zeugt von höherer Moral, als aus Angst oder Schwäche gar nicht erst an einen Mord zu denken.

Sichtlich zufrieden mit seiner rhetorischen Leistung, setzte Bruno sich auf den Weg zu unseren Füßen, nahm einen Schluck aus der Bierflasche, streichelte Nicki und nannte ihn dabei ein ahnungsloses Blauauge.

Ich überlegte, ob mein Leben tatsächlich aufregender gewesen wäre, wenn ich die Hälfte meiner Zeit damit verbracht hätte, mir Morde auszumalen, um sie dann nicht zu begehen, und ob meine Anfälligkeit für Kriminalfilme auch minderer Qualität, die ich immerhin mit vielen Menschen teilte, nicht nur eine bequeme Variante der brunoschen Lebensmaxime war, die zudem neben der Aggressionsabfuhr auch gleich die Warnung vor der Tat enthielt, da der Mörder in jedem Fall zur Strecke gebracht wurde. Allerdings bot diese passive Form schuldfreier Mordteilhabe nicht den Genuss der moralischen Selbsterhöhung, den ein Verzicht auf die persönliche, sorgsam geplante Abrechnung versprach. So weit konnte ich Bruno folgen, ohne daraus Schlussfolgerungen für meinen künftigen Umgang mit dem Problem zu ziehen, zumal ich es auch für möglich hielt, dass meine Vorliebe für TV-Kriminalserien gar nicht den Grausamkeiten galt, sondern dem wie im Märchen vorhersehbaren und beruhigenden Sieg des Guten über das Böse.

Bruno gähnte genüsslich mit weit aufgerissenem Mund, so dass ich das zitternde Zäpfchen in seinem Rachen sehen konnte.

Sie enttäuschen mich, sagte er gelangweilt, wenigstens einen kleinen geistvollen Einspruch hätten Sie mir gönnen können, wenn schon keinen gewagten philosophischen Disput. Aber nichts? Gar nichts?

Zu meiner Überraschung erklärte Olga, sie halte Brunos These für sehr anregend und theoretisch auch richtig. Der Mensch befinde sich im ständigen Gespräch mit Gott oder, wenn er an den nicht glaube, mit seinem Gewissen, und so sei es sicher nicht falsch, wenn er sich derartigen Prüfungen aussetze. Was aber, sagte Olga, wenn er die Prüfung nicht besteht? Wenn er aus der bösen Phantasie den Weg nicht findet, sie zu überwinden? Was dann?

Dann ruft man die Polizei, sagte Bruno in einem Ton, als hätte er Olga empfohlen, bei Gewitter besser die Fenster zu schließen.

Wie eine Bestätigung für Olgas warnendes Bedenken und Brunos Ruf nach der Polizei war aus dem hinteren Teil des Parks ein wilder, tierhafter und doch deutlich von einem Menschen ausgestoßener Schrei zu hören, der Nicki unter wütendem, vielleicht auch ängstlichem Gebell sofort auf seine vier Beine riss. Auf den Schrei folgte ein rasendes, tausendstimmiges Gejohle, das sich in allgemeinem Tumult auflöste.

War das Freude oder Wut?, fragte ich, und Bruno sagte, wie man wisse, löse unter Umständen auch die öffentliche Enthauptung eines Menschen massenhaftes Freudengeheul aus, so dass Wut und Freude keine einander ausschließenden Empfindungen darstellten.

Ohne uns weiter zu verständigen, bewegten wir uns langsam in Richtung des Gelärmes, Bruno voran, Nicki mit angelegten Ohren hinter Olga und mir. Wir waren vielleicht hundert Meter gegangen, als sich vor uns eine ungeahnt große Lichtung auftat, nur von einzelnen, riesigen Bäumen bewachsen, unter denen eine ungebärdige Menschenmenge umhersprang und tanzte, andere hockten oder knieten am Rande, klatschten rhythmisch in die Hände und feuerten die Tanzenden an. Ein blauer Abendhimmel, von einer einzigen, riesigen, weißen Wolke erhellt, hing über dem Feld und überzog das zügellose Treiben mit gigantischer Schönheit. Ich kannte das Bild, genau dieses Bild, diesen Himmel, diese Bäume, die beiden weißen, tanzenden Gestalten im Vordergrund, dahinter der düstere Kapuzenmann mit der Totenmaske, und über allem wehte wie ein Menetekel ein schwarzes Banner, von dem mit aufgerissenem Maul eine schaurige Fratze grinste.

Das ist doch Goya, rief ich, hielt mir aber gleich erschrocken die Hand vor den Mund. Seht ihr das auch?

Aber gewiss doch, Gnädigste, sagte Bruno, was Sie sehen, sehen wir auch. »Das Begräbnis der Sardine«, um 1816, wenn ich nicht irre.

Olga gestand, von diesem Bild noch nie gehört zu haben, dass es aber nun, da es ihr leibhaftig und bewegt vor Augen stehe, sehr zwiespältige Gefühle in ihr auslöse. Die Leute da tanzten zwar und wirkten fröhlich, und doch hänge etwas Bedrohliches und Gewalttätiges in der Luft. Seht ihr, auch der Hund verkriecht sich schon ins Gebüsch, sagte Olga und zeigte auf Nicki, der gerade geräuschlos im Dunkel der Sträucher verschwand.

Wer ist die Sardine, die da begraben wird?, fragte Olga leise.

Der Fisch, flüsterte ich, die begraben den Fisch am Aschermittwoch zum Ende des Karnevals. Das machen sie bis heute so.

Aber warum begraben sie den Fisch, wenn am

nächsten Tag die Fastenzeit beginnt, fragte Olga, und warum sehen sie aus, als wollten sie gleich aufeinander losgehen?

Bruno meinte, sie wollten wahrscheinlich nicht fasten, sondern lieber Fleisch essen.

Ich war hingerissen von dem durch einen Zauber lebendig gewordenen Bild. Davon hatte ich oft geträumt, wenn ich vor einem Gemälde stand und nach seinen Geheimnissen suchte: eine Geste, die nach ihrer Vollendung verlangt, ein zum Schlag erhobener Arm, der vielleicht im letzten Augenblick von Erbarmen gestoppt wird, ein Boot im hochschäumenden Meer, das von der nächsten Woge verschlungen wird oder verschont bleibt. Jetzt aber lösten sich die seit zweihundert Jahren erhobenen Arme der Tänzerinnen aus der Starre und schwenkten fröhlich durch die Luft, und die Gestalt im Bärenkostüm, die auf dem Bild aussah, als wollte sie sich gleich auf die tanzenden Mädchen stürzen, tanzte mit ihnen im Kreis, aber der Kapuzenmann näherte sich ihnen bedrohlich, als wollte er gleich eines der Mädchen packen.

Es ist wunderbar, sagte ich, aber ich verstehe nicht, wie die hierherkommen, in unseren Park.

Bruno hob in demonstrativer Hilflosigkeit die Arme, sah ratlos zu Olga, dann zu mir.

Gnädigste, haben Sie denn immer noch nicht verstanden? Nur Sie können wissen, warum wer hier ist, Sie allein. Auch wir, Ihre wehrlosen Zeugen, sind nur hier, weil Sie es so wollen. Strengen Sie sich an, denken Sie nach.

Warum sollte ich gewollt haben, dass Goyas düsterer Karneval durch einen Berliner Park tobte? Den ganzen Tag über hatte sich diese Szene in beunruhigenden Geräuschen angekündigt. Das bedeutete, wenn Bruno recht hatte, dass ich sie erwartet, wenn nicht selbst heraufbeschworen hatte. Vielleicht habe ich dem Traum dieses Tages nicht trauen können und ihm darum, ohne es gewahr zu werden, ein böses Ende bestimmt. Denn je länger ich dem Treiben zusah, umso unheilvoller schien es mir.

Der Kapuzenmann umkreiste das Mädchen mit stampfenden Schritten, auch das übermütige Hüpfen des Mädchens ging allmählich in Stampfen über, auch das andere Mädchen begann zu stampfen, auch die Bärengestalt, alle Herumstehenden begannen zu stampfen und steckten die nächsten an, bis die ganze Wiese bebte unter dem rhythmischen Stampfen tausender Füße. Ein anschwellendes dumpfes Summen erhob sich aus der Masse, die stampfend in Bewegung geriet. Die rotwangigen, puppenhaften Gesichter der Tänzerinnen verschwammen mir zu einem konturlosen hellen Fleck. Zuerst glaubte ich an ein neuerliches Versagen meiner Sehkraft, was sich aber schnell als Irrtum herausstellte, da ich die Gesichter der Männer so gut erkennen konnte wie zuvor. Aber auch ihre Gesichter schienen sich zu verwandeln, manchen wuchsen plötzlich lange Bärte, statt ihrer Hüte und Mützen trugen sie seltsame Barette und Kappen. Nur das schwarze Banner mit der Teufelsfratze schwankte unverändert über dem wilden Getümmel, das sich allmählich und immer noch stampfend zu geraden Reihen formierte, so dass es aussah, als wollten sie geradewegs auf uns zumarschieren. Ich sah die Frauen nicht mehr.

Wo sind denn die Frauen geblieben, fragte ich.

Hinten, sagte Olga, ganz hinten.

Und dann hallte wieder der wimmernde Greisenlaut durch die Luft, der uns vorhin schon erschreckt hatte. Diesmal blieb Nicki in seinem Versteck stumm. Wir sahen nicht, woher die Stimme kam, und verstanden nicht, was sie rief.

Aber die Menschenmasse auf der Wiese antwortete etwas, das wir auch nicht verstanden. Noch einmal erklang die Greisenstimme. Wie auf Befehl warfen sich die eben noch ausgelassen Feiernden nieder, schlugen ihre Stirnen wieder und wieder gegen den Boden und stießen dabei im Chor verzweifelt klingende Formeln aus. Nur raue Männerstimmen waren zu hören. Die Frauen blieben stumm oder wurden übertönt.

Ich war so fasziniert von dem Spektakel, dass mir der Mund dabei offengestanden haben muss, denn plötzlich flog mir ein kleines Insekt in den Rachen, wo es kleben blieb und mir einen entsetzlichen Hustenreiz verursachte, der umso heftiger wurde, je angestrengter ich ihn zu unterdrücken suchte. Ich schluckte und würgte, bis mir die Tränen über das Gesicht liefen. Olga klopfte mir kräftig auf den Rücken, was mich zwar ablenkte, aber das Übel nicht beseitigte. Bruno kniff nachdenklich die Augen zusammen, überlegte eine Weile und sagte, wenn er die Situation richtig einschätze, seien die Kerle da vorn im Rahmen gefangen und könnten das Bild nicht verlassen, und ehe ich erstickte, solle ich es auf einen Versuch ankommen lassen. Ich hätte es sowieso nicht länger verhindern können und hustete und krächzte das geflügelte Etwas aus mir heraus. Wir starrten gespannt auf die Männer uns gegenüber, aber nichts geschah. Sie hörten und sahen uns nicht. Ohne diese Erkenntnis hätte ich die folgenden Minuten wahrscheinlich nicht überstanden, ohne in Schockstarre zu verfallen oder von Panik getrieben davonzulaufen. Denn inzwischen hatte sich die Menschenmenge so kollektiv erhoben, wie sie sich vorher zu Boden geworfen hatte, und als würden Schauer von Wut ihre Reihen durchlaufen, reckten die Männer ihre Fäuste in die Luft, die tausend Stimmen vereinten sich zu einem gewaltigen Chor, dirigiert von einem eleganten Herrn in dunklem Anzug, der wie aus dem Nichts in der Szene erschienen war und weder im Auftreten noch in seiner Erscheinung mit den ihm gehorchenden Massen etwas gemein hatte. Immer erregter, immer fordernder skandierte die Masse die immergleichen Worte wie einen Schlachtruf, immer energischer dirigierte der elegante Herr.

Bruno gab uns zu verstehen, dass wir schweigen sollten, legte, um genauer zu hören, die Hand wie eine Muschel an sein Ohr, schüttelte aber nach fünf oder sechs Wiederholungen der unverständlichen Parole ratlos den Kopf. Das sei weder Französisch, Russisch, Englisch, Chinesisch, Spanisch, Albanisch noch eine andere Sprache, die er identifizieren könne.

Es klingt wie Krieg, sagte ich.

Olga, die bis dahin mit gefalteten Händen, an einen Baum gelehnt, etwas vor sich hin geflüstert hatte, unterbrach ihr Gebet und sagte: Sie rufen nach Gott. Ich kenne das Wort. Die Bahai kennen alle Religionen.

Aber wo ist der Karneval, rief Bruno. Soll das Goyas Blick ins einundzwanzigste Jahrhundert sein? Soll das heißen, alles fängt von vorn an, ein zweiter Versuch ab dem Mittelalter vielleicht? Oder noch früher? Gnädigste, es war wirklich ein unterhaltsamer Tag mit Ihnen. Warum verderben Sie den Spaß mit dieser trüben Aussicht?

Wir haben die Geräusche doch schon den ganzen Tag über gehört, sagte ich.

Ja, sagte Olga, es ist schade um die Menschen.

In dieser Sekunde erlosch auch der letzte

schwache Sonnenstrahl, der über den Park gerade noch ein fahles Licht geworfen hatte. Es ist schade um die Menschen, hörte ich noch einmal Olgas Stimme schon ganz aus der Ferne. Ich rief nach Bruno, erwartete aber keine Antwort mehr, denn auch auf der Lichtung rührte sich nichts, als hätte die Dunkelheit all die Menschen lautlos aufgesogen. Ich fand mich allein zwischen Bäumen und Strauchwerk abseits des Weges. Mir war kalt und unheimlich zumute, nichts war zu hören außer dem Knacken und Knistern von dünnem Gehölz und welkem Laub unter meinen Füßen. Nur in meinen Ohren hallte noch das wütende Geschrei der Männer. Wenn das die Zukunft sein soll, du lieber Gott, dachte ich. Langsam tasteten sich meine Augen durch die schattenhafte Landschaft, Zweige griffen nach meinem Gesicht, als wären sie lebendig, ehe ich endlich den Weg fand, der sich wie ein graues Band durch das Dunkel zog. Ein Rascheln irgendwo rechts von mir erschreckte mich, etwas Helles kroch aus dem Gebüsch, rannte auf mich zu und sprang an mir hoch. Nicki. Ich hielt ihn fest, umarmte ihn wie meinen Retter, stammelte vor mich hin: Nicki, Nicki, dass wenigstens du noch da bist, dass wenigstens du wirklich bist, bis Nicki sich aus meiner Umklammerung wand und wieder auf seinen vier Pfoten stehen wollte.

Los, sagte ich, jetzt wollen wir hier raus.

Er lief voran, als hätte er ein Ziel, und ich, nach den Erlebnissen des Tages vollkommen orientierungslos, lief ihm einfach hinterher. Nach einer Weile erkannte ich die große Wiese, wo ich Margot und Erich getroffen hatte, und konnte kaum glauben, dass seitdem erst ein paar Stunden vergangen waren. Heute, dachte ich, alles war heute. Ein paarmal sprach ich das Wort leise vor mich hin, heute, heute, ein seltsames Wort, fand ich, das in diesem Augenblick jede Bedeutung für mich verloren hatte.

Ein scharfer Pfiff, wie von einem Mann auf zwei Fingern ausgestoßen, gellte durch den Park, dann der Ruf einer derben Stimme, Bonzo oder Ponto, vielleicht auch Pollo konnte das heißen. Nicki blieb stehen, hob witternd die Schnauze, stürmte los quer über die Wiese und verlor sich schnell in der Dunkelheit. Nicki, mein Hund, war er nur heute, und heute war vorbei.

Der weiße Schein einer Straßenlaterne fiel vorn, wo der Ausgang sein musste, auf den Weg.

Ich lief schnell, bedachte die Bank, auf der ich am Morgen mit Olga gesessen hatte, noch mit einem unsicheren Blick; sie blieb leer.

Mein Auto fand ich unter der Laterne, das Nummernschild konnte ich klar und deutlich erkennen.

Es war vorbei.